徳間文庫

拵屋（こしらえや）銀次郎半畳記
汝（きみ）戟（げき）とせば 一

門田泰明

徳間書店

一

品川の海が午後の遅い日差しで黄金色に眩しく染まる頃、賑わい衰えぬ武蔵国荏原郡の東海道の宿駅（品川宿）にふらりと入って来た人馬に人人は驚いた。ろくに餌を与えられていないのか茶毛の馬は痩せ細り、ときにふらりと左右によろめいては辛うじて歩いている。

浪人かと思われる馬上の男は着ているものはぼろぼろで、顔は人相も判らぬ程に濃い不精髭に覆われ、今にも鞍からずり落ちそうに上体を前へ深く折っていた。

この尋常でない人馬にいち早く駆け寄ったのは、人馬継問屋の馬丁頭**百造**だった。馬のことなら何でも判る三十八歳の百造はいち早く馬の鼻革を軽く摑むと、

「よしよし……頑張ったな」と、先ず痩せ細った馬を労り、二度、三度と頬を撫

でてやった。余程に長く辛い道のりであったのだろうか、馬は目に大粒の涙をためている。滅多に見せる事などない涙を。

「そうか。辛い旅だったか。いま水と餌をたっぷりとやるからな。もう少しの辛棒だ」

百造は馬にやさしく語り掛けたあと、馬上で上体を〝くの字〟に深く折っている不精髭に近付いた。

「もし、ご浪人さん。大丈夫ですかい」

「…………」

馬上の不精髭の応答はなかった。がっしりとした体格だが然程背が高くない百造は、少し背伸びをして不精髭の額に掌を当ててみた。火のように熱い。

「こいつあいけねえ……」

呟いた百造は、後ろを振り返った。人馬継問屋の前に日頃から親しくしている伯楽の青助と耕作が気がかりそうに、こちらを見ていた。

「手を貸せ」

と、百造が腕を大きく手前へ振ると、待ち構えていたように二人は駆け寄ってきた。

「このご浪人さん、えれえ熱だ。青助（せいすけ）、お前（めえ）ん家（ち）は目と鼻の先だ。休ませてやってくれ」

「判った。遠慮はいらねえ。ご浪人さんの刀は俺が持つぜ百（ひゃく）さん」

「うん、よし。とにかく俺が背負えるよう、二人してこのご浪人さんを、背にそっと乗せてくれるか」

耕作が言った。

心得た、とばかり小気味よく三人呼吸（いき）を合わせ、百造の背中に不精髭が乗った。

「馬がかなり弱ってらあな。俺が面倒を見させて貰うぜ、百造さんよ」

「おお、頼む。お前が診てくれりゃあ安心だわさ」

百造はそう言うと痩せ細った馬と耕作をその場に残し、青助（せいすけ）と共に小駆けに離れていった。

伯楽（ばくろう）には、馬の健康管理、馬の鑑定、馬の売買という三つの仕事があって、ひとりでその三つを捌（さば）いている伯楽もいるにはいる。けれども馬の扱いが高度に熟達するにしたがって、馬の病気や治療に秀（ひい）でる者、馬の鑑定に長（ちょう）ずる者、そして馬の売買が桁外れに上手い者、と好むと好まざるとにかかわらず次第に専門的になってゆく。とくに東海道の最上級の宿場でしかも江戸に近い品川では、専門的に秀れた伯楽ほど評価され、耕作や青助がそうであった。品川宿で青助は、馬の鑑定に秀れる伯楽としてよく知られているが、百姓仕事も手を抜かずに確りやっている。要するに兼業だ。

百造に背負われた熱ひどい不精髭の男は、青助の住居に運ばれ、台所の手狭な板間に横たえられた。

「青助、俺は仙田東雲先生を呼んでくる。あとは任せたぞ」

「ああ、判った」

百造が外へ飛び出していくと、青助の女房の小代がおそるおそる病人の枕元に座って顔をしかめた。

「あんた、大丈夫かね。何処の誰か判らん人を四人も幼子がいる家に連れてきて……」

「品川の男衆は太っ腹で知られてんだ。それに品川宿は東海道一の宿だからよ。困ってる人、弱った人を見て見ぬ振りは出来ねえ」

「そりゃま、そうだがね。それにしても着ているものがひどく襤褸襤褸じゃないの。これって、刀で切り裂かれてこんなになったんじゃないのかね」

「詮索は止しねえ。とにかく冷てえ水と手拭いを何枚かだ」

「あいよ……」

　小代が敏捷に腰を上げて土間に下りると、隣の囲炉裏がある広い板間から此方の様子を窺っていた幼い男の子四人が、ぞろぞろと青助の傍にやってきた。元気で大柄な子供好きの小代が、二年を空けて次次と生んでくれた三歳、五歳、七歳、九歳の、青助によく似たなかなか男前な子供たちだ。

「お前たちも母ちゃんを手伝え。静かにな」

　青助に言われて一斉に頷いた子供たちが、土間へと下りてゆく。

　土間の外で井戸の水を汲み上げる、釣瓶の音がした。

　青助は、男の不精髭に顔を近付け、覗き込むようにしてその素顔を知ろうとしたが叶わなかった。とにかく凄まじいという表現に値する、大変な不精髭だ。加えて汗と埃の臭いが鼻をつまみたくなる程に強い。

（それにしても一体、何処からどのような旅をして来なすったものやら……）

胸の内で呟き、青助は弱弱しく呼吸をしている相手を、着ているものの上から観察した。

大きめな手桶を両手で胸に抱え、帯に手拭いを挟んだ女房の小代が、子供を従えて戻ってきた。

子供たちの手にはそれぞれ、洗濯後に日を当てよく乾かしたと判るパリパリな感じの手拭いがあった。

「母ちゃんは、手傷を負っているかも知れねえ病人の額や顔を用心深くそっと清めてやんな。子供たちはこの病人さんの膝から下を綺麗にしてやるんだ。余り力を入れず……やさしくな」

青助の言葉で子供たちと母親が動き出して、大きめな手桶の中でぴちゃぴちゃと水のはねる音がした。

母子の動きを熟っと見守った青助だったが何を思ってか、男の汚れた着物の掛衿に人差し指をそっと近付けた。

指先を鉤状に曲げている。

小代が顔をしかめた。

「お止しよ。目を覚ますかもよ」

「いや、眠っちゃあいねえ。気を失ってるんだ」

「だからといって……」

夫が何をしようとしているのか察した小代(さよ)が、首を横に振って口許を歪(ゆが)めた。

「少し臭(にお)わねえかよ」

「臭ってるよ、汗臭(くさ)くて埃臭(くさ)くて……」

「そうじゃねえ。それとは別だ……こいつあ瘀血(おけつ)（悪化した血）の臭いだわさ」

「え……」

「ひょっとして……」

青助は鉤状に曲げていた指先を、男の汚れた掛衿に引っ掛けて、用心深く引っ張るようにしてそろりと開いた。

夫婦の表情が「あっ」となって、たちまちその顔色が青ざめた。

「こいつあ尋常じゃねえ。仙田東雲先生に一刻も早く来て貰わなくちゃあならねえや」

青助はそう言うなり、土間に下りて外へ飛び出した。

と、向こうから人馬継問屋の馬丁頭百造が先に立ち、白衣の医生二人を従えた町駕籠が威勢の良い掛け声でやって来る。もう間近すぐ其処に来ているというのに、青助は苛立った。

　青助は自分から強張った顔つきで町駕籠に駆け寄った。仙田東雲先生とは、馴染みの仲だ。四人の子供や産後の女房などは、とくに東雲先生の医術に幾度となく助けられてきた。

「先生、東雲先生……」

　青助が金切り声をあげて、まだ移動中の町駕籠の脇に張り付くようにして腰を下げると、百造が「止さねえかえ青助よう」と苦笑した。

町駕籠の簾が内側から開けられ、鼻の下に真っ白な八字髭を生やした丸坊主の仙田東雲が顔を出した。町駕籠は動いたままだ。

「落ち着きなさい青助。お前ん家の玄関口は、ほれ目と鼻の先じゃ」

「左肩が黒紫色になり、拳ふたつくらいの大きさに膨らんでいます」

「判った判った。家で待っていなさい。あ、それから熱い湯を沸かしておくように」

「熱い湯でござんすね。承知しました」

青助は身を翻した。とは言っても土間口まで三分の一町（三十数メートル）も離れていない。

仙田東雲は威勢の良い町駕籠を止めようとはせず、「順之介、数江……」と後ろに向かって声を掛けた。

返事があって直ぐに若い二人の医生が、町駕籠と並んだ。ひとりは女の医生で二人とも小型の木箱を提げている。

「切開の用意じゃ。青助の後を追いなさい」

はい、と頷くや二人の医生は町駕籠から離れていった。

仙田東雲は下げた簾を上げようとはせず、先導する百造の背に訊ねた。

「百造や。患者は何歳くらいなのじゃ」

「さあ……なにしろ凄い不精髭なもんで、面相がよく判りゃせんで」

「旅の者なのじゃな。馬で品川宿へ入って来たんじゃろうから」

「へい、旅の御方と思いやすよ。馬も人もひどい窶れようでして……」

「患者の様子次第でじゃが……場合によっては役人へ連絡するぞ。それで構わぬな」

「へえ。そりゃあ東雲先生のご判断にお任せ致しやす」

「うん」

町駕籠が青助の百姓家の土間口に着いて、百造が帯に挟んでいた仙田東雲の雪駄を、すでに足を出そうとしている先生の前に手早く揃えた。

井戸端では青助や二人の医生順之介と数江が、手桶や鍋に井戸水を入れ、台所へと運んでいる。

土間口からは、薪を焚くにおいが漂ってきていた。

「さすが馬の鑑定に秀れる青助ん家じゃ。動きが早いのう」

ぶつぶつと呟いた仙田東雲は、薪を焚くにおいで喉が敏感になったのか、コホンと咳をしてから薄暗い土間に入っていった。とはいっても外の日差しが明る過ぎたからで、百姓家としての青助の住居は、台所の格子窓は大きいし、高い天井屋根には北側と南側に大きめの大和窓が、明り取りとして備わっている。大和窓とは、古い茶室などで見ることのある単純な拵えの突上窓に、雨風が入らぬよう工夫を加えたもの、と想像すればよい。

「どれどれ……」

東雲先生は患者の枕元に腰を下ろして、にこにこ顔で袂（たもと）から紙袋四つを取り出すと、患者の足元に手拭いを手にしてちょこんと座っている子供たちを手招いた。手拭いをその場に置いて、四人の子供たちが東雲先生の傍（そば）に集まった。皆、何かを期待しているらしく、目をキラキラと輝かせている。

「そりゃ、目黒不動さんの黒飴じゃ。いい子じゃ、いい子じゃ」

東雲先生は黒飴の入った紙袋を子供たちの幼い手に渡すと、可愛くてたまらぬ、という風に目をしょぼしょぼさせ、頭を幾度も幾度も撫でてやった。これが東雲流医術の基本的心得であった。だから品川宿の子供たちは、東雲先生の治療を全く怖がらない。

「いつもすみません先生。子供たちが戴くばかりで……」

青助の女房の小代（さよ）が、床にちょこんと両手をついて、軽く頭を下げた。

「なあに……さ、別の部屋に下がっていなさい」

東雲先生に促され、小代（さよ）は子供たちと囲炉裏がある隣の板間（いたのま）へと下がり、板戸を静かに閉じた。

二人の若い医生、順之介と数江がてきぱきとした動きで東雲の傍（そば）に治療開始の用意を整え、青助と百造は医生に言われて焼酎（しょうちゅう）と綿布（さらし）（晒（さらし））を揃えた。わが国在来の蒸留酒（じょうりゅうしゅ）と称してよい焼酎は、十五世紀のはじめに**琉球**が交易のあった**シャム** Siam（現、タイ。一九三九年改称）から輸入し、ほぼ同時期に独自製法で製造をはじめている。この琉球焼酎が薩摩（さつま）藩へ渡ったのは十五世紀末か十六世紀はじめ頃で、たちまち情が深く威勢の良い〝薩摩っ子〟の間に炎（ひ）の酒（さけ）として広まった。

むろん江戸市中にも伝わりはしたが、余りの激烈酒のため消毒剤としてはたいへん重宝（ちょうほう）されたものの、〝楽しみ酒〟としてはいささか敬遠されたようである。近代に入っても焼酎が**日本全土を対象とした広域市場**に伝わり出したのは、なんと昭和五十年（一九七五）代の三木武夫政権か、次の福田赳夫政権のあたりらしいというから驚く。そしてアッという間（ま）に、**人気酒**（にんきざけ）となっていった。

綿布（さらし）（晒）は原則としてだが仕上幅一尺余、長さ三丈余の**生木綿地**（きもめんじ）を丁寧に**天日漂白**して白くしたものを指し、やわらかく吸水性に富むことから、手拭い、肌着、腹巻、産着（うぶぎ）、腰巻、下帯（ふんどし）などに用いられた。**生木綿地**（きもめんじ）とは、まだ晒（さら）していない木綿地を指す。

二人の医生のうち数江が東雲の隣に座し、順之介は患者を挟んで師匠と向き合う位置についた。医生の脇にはそれぞれ、蓋を開けた清潔そうな白木の箱があって、中には様様なメスや鉗子やピンセット（オランダ語）みたいな西洋医術の用具が揃っていた。珍しいのは、男の医生の脇にある白木の箱の中だ。竹を削ったり曲げたりして作られた、幾本もの疑似メスや疑似ピンセットが感心する程の精密さで調えられていた。とくに竹の弾性を応用して拵えられた大小の疑似ピンセットは、ひと目で実用性に秀れると判る見事な出来だった。

それらの疑似メス、疑似ピンセットは仙田東雲が品川在の名の知れた竹細工職人に頼んで、作って貰ったものだ。

「はじめようか数江」

「はい」

数江という名の女性の医生が手早く、しかし落ち着いた動きで、上向きに寝ている患者の帯を解き、下腹部を着物で隠した状態で、上半身を露にした。

「満足に食べておらぬな。筋骨は発達しておるが、しかしかなり痩せているなあ順之介や」

「はい。それにしても先生、確かにこの体、相当に鍛えられていると判ります」

「うむ……青助、この患者は大小刀を腰にしていたかえ」

「へえ、あれに……」

患者の足元に神妙な面持ちで座っていた青助と百造であったが、百造が大小刀を横たえてある水屋の脇を指差した。

「ちょっと大刀の方を見せておくれ」

聞いて青助が腰を上げ、水屋の脇に横たえてあった大刀を手に取った。

「かなり重い刀ですよ先生」

「おそらく実戦刀であろうな。どれどれ……」

東雲は青助の手から、浪人の大刀を受け取って「お、重い……」と呟いた。

青助と百造は内心、はらはらしていた。黒紫色に痛痛しく腫(は)れあがった浪人の左肩が目の前に露となっているのに、東雲先生も医生たちも一向に慌てる様子がないからだ。

東雲が慎重に静かに、大刀を鞘(さや)から抜いて、天井屋根の南側の大和窓から差し込む明りに刃(やいば)を翳(かざ)した。

「なんだか切れ味の凄(すご)そうな刃ですね先生」

そう言って思わず息を呑(の)んだのは男の医生、順之介だった。

「お前は小禄(しょうろく)とはいえ、歴(れっき)とした御家人の三男坊じゃ。儂(わし)よりは刀のことが判るじゃろう。検(み)てみなさい」

東雲はそう言うと、大刀を胸の高さで横たえ患者を挟んで、順之介に手渡した。

「これは重い。それにゾッとしますね、この刃の輝き。まるで氷のような」

「刃に顔を近付け、目を細めてようく検(み)てみなさい」

「あ……小さな刃毀(はこぼ)れが、かなりありますよ先生」

「この患者はどうやら、何らかの理由で激烈な闘いを潜(くぐ)り抜けてきたようじゃな。おそらく一人で幾人も相手にしたのじゃろ。さて、そろそろ患者に集中するかな」

「はい先生……」

順之介は頷くと、傍(そば)にやって来た青助の手に大刀を返した。

東雲は着物の袂から愛用の小型天眼鏡を取り出すと、漸(よう)や く患者の腫れあがった黒紫色の傷口へ顔を近付けた。

「やはりのう。肩に一発、撃ち込まれておるようじゃ」

東雲はそう呟きながら患者の傷口に天眼鏡を接する程に寄せてゆき、

「間違いない。この黒紫色になった腫れ様は、**鉱毒その他**が影響しておるのかも知れんな」

呟き終えて東雲は隣の医生数江に天眼鏡を手渡した。

「**鉱毒その他**と申されましたが、それでは鉄砲か矢の他に何かを撃ち込まれたのでは、とお考えですか」

師匠と目を合わせて問う数江に、東雲は「うん……」と頷いた。

「ま、この患者はひとつ、数江と順之介の手で診てあげなさい。いい勉強になるじゃろ」

「え、医生の我我二人だけで?」

と、順之介が驚いた。

「何をびっくり致しておる。毎日毎日私の傍にいて一生懸命に学んできたのではないのか。今日は二人に任せる」

東雲はそう言うと腰を上げ、囲炉裏のある隣の板間の戸を開けて入っていった。

小代や四人の子供たちは、突然入ってきた東雲に口をぽかんとあけた。

「小代や。儂は今日、疲れ切っておる。肩も凝ってぱんぱんじゃ。酒はないかな」

「え、先生……酒はあるにはありますけれど……でも先生」

「心配するな。今日の患者は医生の二人で充分に対処できる。儂の診療所では十人いる医生の中で数江と順之介が最優秀じゃ」

「はあ……」

「心配するなと言うに、酒は冷やでよい。それと漬物があればな」

板戸を開けたまま普段の声で喋っている東雲だから、数江と順之介の表情が小慌てとなった。それはそうであろう。たとえ酒一滴呑んでも絶対に患者の治療を許さない、厳しい師匠であったからだ。その師匠が患者を傍にして酒を呑むと言う。

東雲が非常に多忙な毎日であることは、数江も順之介もむろん承知をしている。手術を得意とする東雲には、とにかく武家すじからの依頼が多過ぎるほど多い。

「判りました先生。私たちで処置いたします」

数江が東雲の背を睨みつけるようにして、きっぱりと言い、振り向いた東雲がにっこりと目を細めた。

東雲が板間(いたのま)の板戸をゴトゴトいわせながら閉じ、小代(さよ)が酒、肴(さかな)を調えるためであろう広縁(ひろえん)側から出て台所に入った。

「始めましょう」

「よし」

鼻と口を白布(マスク)で覆った数江と順之介は顔を見合わせ頷き合うと、お互いに膝頭(ひざがしら)が患者の体に触れるまで詰め寄った。

「それにしても、ひどい膿(う)みようね」

「先生が仰(おっしゃ)ったように、**鉱毒その他**の影響だな」

「つくりの粗(あら)い鉄砲玉か鏃(やじり)かしら。手づくりの毒でも塗られていたら、ちょっと厄介だわ。先生が仰った**その他**は、きっと手づくり毒を指しているのだと思うの」

「かもなあ。それにさ、鏃(やじり)が体の中に入っているとすれば剛弓から放たれた矢が飛翔中に、簳(やがら)（矢柄(やがら)とも）と鏃(やじり)が分離したことになるぞ。ありえるのかな、そのようなこと」

「高速の矢が回転しながら飛翔したとすれば、分離させる工夫はさして難しくないような気がするわ」

「ふむ……数字とかに強い数江にそう言われると、なるほどという気がしないでもないが」

「切開は私に任せて下さい。適宜の滴薬お願いね」

「うん。心得た」

順之介はこっくりと応じると、二段拵えの白木の箱を、膝頭の脇へ横に並べた。二段目には、小さな徳利様の入れものがびっしりと並んでいた。仙田東雲が長い年月をかけて創り出した消炎、鎮痛、消毒、殺菌などを目的とした秘伝の漢方の（生薬の）薬液である。たとえを挙げれば、Persicaria hydropiper, Mirabilis jalapa, Portulaca oleracea, Coptis japonica などを東雲比率で混ぜ、東雲醱酵期間を経て、すばらしい独自の消炎抗菌液をつくり出している。素材のなかには毒性の強い劇薬性薬草もあり、かえってこれらが厄介な傷病を押さえ込んでくれることを、東雲は地道な長い研究で突き止めてきた（猛毒草もあり和名は敢えて省略）。

数江は先の鋭いメスを黒紫色に大きく腫れあがった患部にそっと近付けると、次に生じる何かを予測したかのように上体を、少し左側へ傾けた。順之介もそれを見習うかのようにして上体を左へ傾けた。

「いきますよ」

「ああ……」

頷いた順之介の手は、薬液の入った箱にのびていた。

数江の持つ先鋭いメスが、患部の上でほんの僅(わず)かに動いた。メスが走ったのでも、滑ったのでもなかった。僅かに、ちょんと動いた。

途端、びちっという小さな音と同時に、赤黒い血膿が扇状に噴き上がり、たちまち特有の腐臭が漂った。二人はそれを予想して上体を斜めに振っていたのだが、殆(ほとん)ど無駄だった。激しく噴き上がったのは、ほんの一瞬のことであったが、二人の医生の白衣を汚し、白布(マスク)にも赤黒い点点が飛び散った。

腫れがたちまち萎(しぼ)むほどの強い噴出で、次第に平坦となってゆく患部の一点を、

「ここね……」と数江のメスの先が指し示した。

「そうだな。間違いない」

と、順之介が応じる。

その部分は薄い皮膜《ひまく》に覆われてはいたが、すこし蟹足腫状《かいそくしゅ》（ケロイド状）を呈していた。男の（患者の）旺盛な回復力で傷ついた皮膚組織が短期間のうちに回復しつつある証《あかし》——数江も順之介もそう読んだ。

「開きます。滴薬よろしく」

「任せろ」

すっかり鎮まって平坦になった皮膚組織のその位置を、数江が選択した二本目のメスが切開し、順之介がすかさず『東雲液』を滴薬して切開口を洗った。仙田東雲が苦心の末に漸くつくりあげた解毒（抗菌）や腫脹に極めてすぐれる今で言う消炎薬だ。Houttuynia cordata, Helwingia japonica, Platycodon grandiflorus, Solanum nigrum などの薬草を素材としたものである（毒性の強いものを含むので敢えて和名は省略）。

「見えたわ。かなり深くまで入っている」

数江が『東雲液』で洗浄された開口部の片辺をメスで押し開いて呟くと、覗《のぞ》くように顔を近付けた順之介が黙って頷いた。

「私が摘出しよう。数江はそのままの状態で……」

「ええ。お願いするわ」

順之介は東雲が考案した竹製の箆（へら）やピンセット（オランダ語）を手にした。これらは、その辺縁が皮肉に対しやさしく丸みを付けて研ぎ磨かれている。また竹製であるから、そのように拵え易い。

仙田東雲は、江戸期の医学界とくに外科の分野に新風を吹き込んだオランダ人外科医カスパル・シャムベルゲル（Caspar Schamberger）の医術を苦学して身につけていた。

数江も順之介も年齢（とし）はまだ若いが、仙田東雲門下の優等生だ。

順之介が開口部に顔を寄せてゆき、箆（へら）で辺縁部を手前方向へ押さえつつ、ピンセットの先を挿入していった。出血は大量の血膿を放出したせいでか、殆（ほとん）ど止まっている。

「摑んだ……」

と呟きつつ、順之介がそろりとピンセットを引き上げた。

長さ一寸ほどの血で汚れたものを、ピンセットの先はつまんでいた。

「どうやら鏃だな。それも小形の鏃だ。違うか」

順之介はピンセットの先がつまんでいるそれを、見やすいよう数江の方へ近付けた。

「ええ、間違いなく遠くまで飛ばすための小型の鏃ね。あら、鏃の先端部に小さな穴があいているわね」

「え？　気付かなかったな……」

順之介はピンセットの先を自分の顔の前に戻した。

「なるほど、鏃の鋭い先端部に、巧妙に細工された小さな穴があいているなあ」

「鏃一つの鉱毒だけで、これほど黒紫色に腫れあがるのは……ちょっとひど過ぎるという気がしていたのだけれど……矢張り先生が仰った**鉱毒その他**の、**その他**が原因かもね」

「それは言える。うん……」

と頷きながら順之介は、鏃の先端を自分の鼻へと慎重に近付けていった。

青助も百造も一言も発せず、数江と順之介を固唾を呑んで見守っている。

鏃の臭いを嗅いだ順之介が思わず「うっ……」と顔をしかめた。

「これはどうやら、嗅覚に秀(すぐ)れる数江の得意分野だ。私では判らない」

「かして……切開部の処置おねがいしますね」

「承知した」

順之介はピンセットでつまんだ鏃を落とさぬよう用心しながら、ピンセットのまま数江の手に預けた。

数江は板間(いたのま)を見まわし、南側の格子窓から強い光(あかり)が射し込んでいると判ると、立ち上がって近付いてゆき、その光(あかり)の中に立った。

数江は鏃の鋭い先端を、射し込む光(あかり)に翳(かざ)した。

鏃の先端部の小さな穴は、軸芯部に向かって深さおよそ三分ほどかと思われた。あくまで、ほどか、だ。

次に彼女は、その鏃の先端部を、気を付けながら鼻先に近付けた。

何かを嗅ぎ取ったのであろう、数江は表情を少し歪(ゆが)めたが、そのまま目を閉じて不明なものを探るかのような様子で嗅ぎ続けた。

そして、彼女の脳裏に恐ろしい猛毒草の名が次次とあらわれていった。

(Leucothoe grayana に Brugmansia suaveolens、それに Colchicum autumnale

……なんと Arisaema serratum まで用いた混合猛毒物を鏃の先端に詰めるとは

……これらの猛毒草〈和名省略〉は山野を我が庭の如く知り尽くしている者にしか扱えないはず……素人が迂闊に触れては危険）

胸の内で呟いた数江は蒼白な顔で、順之介と向き合った位置へ戻って鏃を白布で包んだ。

切開部の縫合を始めようかと視線を下ろしていた順之介が、手の動きを休めてチラリと上目使いを数江に送った。

「矢張り……の臭いだったか」

青助と百造が間近に控えているので、順之介は言葉を抑えて囁いた。

「ええ、矢張り……それも強烈な四種のね」

暗い顔の数江も小声だった。

「なんと四種混合の……」

「そう……東雲先生、きっと驚かれましょうね」

二人は間近に強張った顔で座っている青助と百造を憚って、そこで沈黙に移った。

このとき隣の板間（いたのま）との間を仕切っている板戸が、コトコトと音を立てて開いた。

東雲が顔を覗かせた。

「どうじゃ。二人にとってはさほど難しい処置ではあるまい」

「先生、ちょっと検（み）ていただきたいのですけれど……」

「何じゃ、数江」

東雲は縫合に入った順之介の背中側から患者の頭を回り込み、数江の傍へ片膝をついた。

「これでございます」

数江は鏃を包んでいた白布を開くと、ピンセットで鏃を挟んで恩師の左の手にそれを預けた。

受け取った東雲は、視線を青助と百造に向けた。

「これ、お前たち。用があれば呼ぶのでな。すまぬが隣の部屋へ移っておくれ」

言われて青助と百造は、縫合に集中し始めた順之介の背側から隣の板間へと移り、板戸を静かに閉めた。

「どれ……」

と、東雲は袂から愛用の小さな天眼鏡を取り出し、鏃を検た。

「ほほう。鏃の鋭い先端に、小さな穴を器用に開けておるのう」

「その小さな穴に先生……」

「聞かずとも判っておる。飛び道具の玉に相当する部分に小さな穴が開いているということは、目的は一つじゃ」

そう呟いて東雲は、ピンセットでつまんだ鏃を鼻へ近付けていった。

そして嗅ぐ……が、その時間はほんの一瞬と言ってよく、視線を順之介の手元に下ろした。

「順之介や。いま手を少し休められるかえ」

「大丈夫でございます」

順之介が手を休めて、恩師の目を見た。

「お前の家は御家人じゃが、幕府の警察幕僚の誰かを知らんかの」

東雲が小声で訊ねた。

「警察幕僚……幕僚となると、かなり上級の役人ですね。我家は御家人とは言っても、僅かに三十俵二人扶持の軽輩中の軽輩でありますから……」

「そうか……そうだの」

順之介は再び縫合に集中し始めた。

「どうかなさいましたか先生」

と、数江は声をひそめた。

「ひと目検れば判るように、これほどの猛毒薬を詰めた鏃を撃ち込まれても、このやつれ果てた浪人は意識を失っておるだけで、呼吸はいささか弱弱しいが、まあ、確りとしておる。呼吸が確りとしているということは、吸い込んだ空気が肉体の隅隅へゆき渡っているということじゃ。そうであろう数江」

「仰る通りでございます」

「この浪人はおそらく、肉体を相当に激しく鍛えてきたのであろう。だから生き抜くことが出来た。それにな数江、猛毒薬を詰めた鏃を撃ち込まれた、ということ自体が尋常ではない。なんぞ幕府の重要な御役目に携わり、その過程で多数の敵を相手に闘ったのでは……そう想像したのじゃ」

「案外、先生のご想像通りかも知れません」

「だとすれば治療を終え次第、一刻も早くこの浪人を幕府のしかるべき組織まで、お戻しせねばならん」

「けれど、充分に治ってからでもよいのではありませんか？」

「いや、危険だ。あぶない」

「あぶない？」

「この浪人をこの家にいつまでも置いておくと、幼い子が四人もいる青助一家に危害が及ぶのではないか、ということじゃよ」

「それほど大変な幕府の御役目を、この浪人は担ってきたのではないか、とご心配なさっていらっしゃるのですね。私には、それほど危険で大変な御役目、というのがどうもよくは見えませんけれど」

「お前はまだ若い。若いから社会の汚れというものを、まだよくは学んでおらぬ。世の中にはのう数江、医学という人の命を救う神聖な仕事の他に、裏の社会とか闇の中にとけ込んだ恐ろしい仕事が、山ほどもあるのじゃ。それにしてもこの浪人。よくぞ生きておるのう。天晴じゃ」

「それでは先生。ひと通りの治療を終えましたなら、この浪人を何処ぞへ移しましょう」

「ま、それを考えるのは、明日でよい。今宵ひと晩は此処でよい。家族から出来るだけ離れた部屋……うーん、そうじゃな。納戸へでも移すとしようか。寝具だけはきちんと調えてやってのう。儂から青助に頼んでみる」

「では、私と順之介殿で、寝ずの番を致します。容態が悪化する心配はないと思いますけれど」

「いや、寝ずの番は、別間で儂と順之介でやろう。お前は診療所へお戻り」

「なれど先生。それでは余りに……」

「言われた通りにしなさい。お前は魅力的な女性じゃ。順之介もなかなかよき男じゃからのう。二人に寝ずの番をさせて、万が一にも〃男女の事〃があったりすると困るのはこの儂じゃ」

「ま、先生。いやな……」

「ふふふ……」

「手元が乱れます先生。どうか冗談はお控えめにお願い致します」

縫合に集中していた順之介が手を休め、困惑の眼差(まなざし)で、恩師と数江の顔を見比べた。

数江の頬が、ぱっと赤く染まった。

「はは……いや、すまぬ」

東雲は笑みを残してゆっくりと立ち上がり、隣の板間（いたのま）へ消えていった。

二

仙田東雲（せんだとううん）診療所の程近くにある医生寮『**診学寮**（しんがくりょう）』は、**九尺二間**が十軒から成る小綺麗な棟割（むねわり）長屋だ。男女合わせて十人の医生が仙田東雲診療所の借上げているこの寮に住み、日日の研究と実習に勤（いそ）しんでいる。医生としての報酬は無いから食事は診療所の食堂で取ることになっていた。ただ年に何度かある品川の祭礼の日などは、東雲から医生に対して、多少の小遣いが医生経験の長・短にかかわらず公平に支給されてはいる。

この朝五ツ過ぎ、筆頭医生の見境（みさかい）順之介は寮を出ると、視線を地面に落とし考え込むような表情で足を急がせた。一昨日治療した患者の身許（みもと）が気になっているのだ。

恩師である仙田東雲の依頼もあって、今朝はこれから診療所ではなく先(ま)ず兄の住居(すまい)へ足を向けることになっていた。

兄の**見境忠広**(ただひろ)は、幕府の〝小さな役所〟に付属する質素な住居(すまい)に妻子と共に住んでいる。〝小さな役所〟の名称は『品川用水路監理所(かんりしょ)』で、家禄(かろく)は三十俵二人扶持(ぶち)。いわゆる御役目手当は、無しである。

『品川用水路』を見回ることが、見境忠広の仕事だった。決して世襲職ではないのだが、先先代つまり祖父の代から、これが見境家の御役目になっている。

『品川用水路監理所』は『診学寮』から立会川(たちあいがわ)沿いに四半里ばかり歩いて、古戸(こと)越(ごえ)橋（現、西品川一ノ二十八付近）を渡った橋の袂(たもと)近くにあった。

順之介は勝手知ったる〝小さな役所〟の格子戸(こうしど)を開けると、「おはようございます」と声を掛けながら入っていった。

ガランとした薄暗い土間と板間(いたのま)があるだけの空間だった。この空間が〝小さな役所〟だ。

板間には土間と向き合うかたちで黒塗りの手文庫をのせた文机(ふづくえ)が二つ並んでいた。一方は大きく、もう一方は小さい。大きい文机は兄忠広が公務の際に、小さい文机は兄の仕事を手伝っている老若党のものと承知している順之介だった。父の代から手伝っている老若党だ。

「おはようございます。順之介です」

順之介は奥へ向かってもう一度声を掛けてから、土間から奥座敷へと通じている細く長い内路地を進んだ。左側の土壁に格子窓が等間隔で三つ並んでいるため、百姓家の屋内によく見られる薄暗い内路地ではない。朝の日が差し込んでいて明るい。

内路地が尽き、順之介は奥座敷の軒下に出た。朝の日が燦燦と降り注ぐ、そう広くもない畑と向き合っている。いや、元は何の飾り気もない庭であったのを、野菜類の自給を考えて順之介の祖父の代に畑にしたものだ。つまり三十俵二人扶持の見境家の生活は楽ではない、ということだった。

兄の忠広は、妻の邦江に手伝わせて着替えの最中だった。

「お、順之介、来ていたのか。久し振りではないか」

弟に気付いて、兄はやさしい笑みを顔に広げた。

「お出かけですか兄上」

「うむ、用水路の件ですこしばかり、ゴタゴタがあってな。いささかの調停が必要なのだ」

「またですか」

「なに。今回はおそらく簡単に方(片とも)がつくよ。心配ない。それよりも一緒に茶でも飲まんか。美味い葉茶を貰ったのだ」

そう言って目を細める忠広だった。

「お出かけ前に宜しいのですか」

「出掛けるにはまだ余裕があるから大丈夫ですよ順之介さん。さ、お座りなさいな。いまお茶を淹れて参りましょう」

いつも笑顔を絶やすことのない気性明るい邦江が、座布団を広縁に置いて小急ぎに座敷から出ていった。

兄と弟は久し振りに広縁に座して、向き合った。

「どうだ医者の勉強は……少しは腕を上げたか」

「兄上が倒れる迄には一人前の医者になりますよ。安心して下さい」

「こいつ……」

「小さな手術なら、仙田東雲先生に任されるようになりました」

「ほう……小さな手術とは言え、任されるとは大したものだ」

「兄上も早く江戸市中での御役目に就（つ）けるよう頑張って下さい」

「だが品川用水路の監理は、幕府にとっても非常に重要なのだぞ。お前も知っておるように、品川界隈における田畑（でんばた）の耕作は長いこと、雨水や湧き水に頼るしかなかった」

「ええ、そうですね。見境家では先先代の頃から用水路監理の御役目に就いてきた訳ですから、品川農地の百姓たちが水不足に泣いてきたことは、自分のことのように私も理解しています。用水路監理は確かに、大事な御役目です」

「うむ。弟のお前に、そう言って貰えると私も嬉（うれ）しい」

　そこへ気性明るい邦江がにこにこ顔で茶を運んできたが、二人の間にそっと湯呑みを置くと離れていった。

「先程、用水路の件でゴタゴタがあると仰（おっしゃ）っていましたが、兄上……」

「今に始まったことではない。かつて関東郡代（ぐんだい）**伊奈半十郎忠常**様御支配の幕領であった用水路計画地の工事が、幕府の拠出金で始まったのは、五十年近くも前の寛文七年（一六六七）のことだ」

「ええ、承知いたしております。工事が完成したのは寛文九年（一六六九）であると、見境家の次男として学び知っております。用水路の長さは確か、分水源である武蔵国多摩郡府中領境村（現、武蔵野市。ここで玉川上水から分水）からおよそ八里……だったと」

「その通りだ。そして百四十町歩におよぶ広大な品川農地を潤した」

「それでもゴタゴタは生じるのですね」

「ま、冷めぬうちに茶を飲め。香りも味もなかなかのものでな」

「はい、いただきます」

順之介は湯呑みを手にして、口許へ持っていった。

「お、これは兄上、本当になかなかな……」

「だろう。あとで茶葉を少し診療所へ持って帰れ。仙田東雲先生にな」

「はい。有り難うございます。お茶好きな先生です。お喜びになりましょう」

「そうか、うん……」

忠広はにっこりと頷いた。幼い頃から弟思いの兄であった。

「ところで今日、調停が必要なゴタゴタですが兄上、危険はないのでしょうね。兄上の身に万一の事があると……」

「それはない。心配いたすな」

「一滴の水でも大切にする百姓たちの水利権に対する意識というものは、非常に高うございましょう。それゆえ過去には、水路破壊や盗水、分水量の多い少ないの争いなど、かなり過激な……」

「まあまあ順之介。心配ない心配ない。今日の水路見回りには、勘定吟味役様(かんじょうぎんみ)の下役の方方(かたがた)が数名、前(さき)に立たれるのでな。軽輩の私はその後ろに付いて歩き説明するだけだ」

「勘定吟味役様の下役?……はて、勘定吟味役と申すのは兄上」

「おいおい冗談ではないぞ順之介。水路見回りを御役目とする私の弟でありながら、ご老中支配下にある勘定吟味役という職名を知らぬと申すのか」

兄忠広は思わず苦笑した。弟に対してはどこまでも寛容にして大様(おおよう)な忠広であった。

「仕方がありませぬよ兄上。私は仙田東雲先生の門下にあって、西洋医学や漢方医学の研究に一心不乱に没頭しているのですから……こうして生家を訪ねるのも実に久し振りでありますし、世事にいささか疎(うと)いのも仕方ありませぬ。ましてや幕府の御役職のことには」

「うむ、まあな……しかし、かつて河川・土堤の工事や境界の争い事など諸事監査・監理で動いた勘定頭差添役(かんじょうがしらさしぞえやく)（天和二年・一六八二創官）という御役職名は存じておろうが」

「はい、亡き父の口からよく出ていた御役職名ですね。私は現在もその御役職が実際に動いているものと思うておりましたが」

「いや、実はそうではないのだ。天和(てんな)二年に創官された勘定頭差添役は色色な事情があって元禄十二年（一六九九）以降は、**事実上の廃官状態**にあったのだ。つまり全く機能していなかった」

「ええっ、廃官状態にですかあ」

「これ、少し声が大きい。静かに驚きなさい」

「そのあとに出来たのが、勘定吟味役という訳ですね」

「そうなのだ。この御役職を創官なされたのは、幕府最高顧問の御立場にある**新**(あら)

井白石様と仰る英才の評判高い幕僚でな」

「新井白石様と仰る英才の評判高い幕僚……兄上、私はその方の名はよく存じておりますよ。色色な知識を求める必要がある医学の世界では、よく知られた方です。確か大学者木下順庵先生を師と仰ぎ、木門の五先生とか十哲の一人に数えられた御人です。そうでしょう」

「その通りだ。新井白石様は政治家であると同時に立派な学者であられてな。勘定頭差添役が全く機能していないことを深刻に捉えられ、正徳二年（一七一二）七月、萩原美雅様と杉岡能連様の二人を起用、勘定吟味役の職名で復活したという訳なのだ」

「正徳二年……ついこ、この前のことではありませぬか。その勘定吟味役の下役の方方が今日、お見えになるのですね」

「すでに昨夕方、品川にお見えになられ宿に入っておられる。昨夕方の内に宿を訪ね挨拶を済ませておいた。ところでお前、何ぞ用があって久方振りに我が家を訪れたのではあるまいな」

「実は兄上。そうなのです」

「矢張りな……聞こう。但し余りゆっくりとはしておれない、手短かに頼む」

「畏まりました。一昨日、東雲先生の指示を受けて私が治療した患者のことなのですが……」

順之介は顔が隠れてしまう程の不精髭の患者について、刀で切り裂かれたようなボロボロの着物、毒を詰めた矢尻（鏃）を射られたことによる重い肩傷、実戦用と思われる重量ある刀などについて簡潔に早口で打ち明けた。

聞く忠広の表情が曇った。

「なるほど明らかに只事ではない患者のようだな。最も気になるのは毒の鏃を肩に射られているという点だ」

「矢張り兄上もそのように思われますか」

「但しだ。その事をお前が望むように、勘定吟味役様の下役の方方に打ち明けたところで、恐らくどうにもなるまい。三十俵二人扶持の軽輩である私に、ちょいと毛を多めに生やした程度の御歴歴だから」

「そうですかあ。でも、その下役の方方に真剣に打ち明ければ、江戸にいらっしゃる勘定吟味役様のお耳に入るかも知れぬではありませんか。もし、勘定吟味役様のお耳に入れば、ご老中の耳にまでは届かぬとしても、その御役職を創官なされた新井白石様のお耳に入るやも知れませぬ」

「なるほど新しい御役職をつくられたお偉方というのは、当該御役職の動向には常に関心を抱いている、と言われておるからなあ」

「でしょう。ですから兄上……」

「判った。下役の方方に話してみよう。で、その患者だが、昏睡から覚めるのは何時頃になりそうなのだ」

「肩の化膿が深刻にならぬよう我らが全力で治療を続けても、あと四、五日は掛かりましょうか」

「判った。下役の方方は今日一日で御役目を済まされ、明日には江戸に戻られる。情報の流れが途中で止まらずに勘定吟味役様のお耳にうまく届けば、新井白石様が事態を掌握なさる可能性が出てくる」

「事態を掌握などと……さすがに少し大袈裟ではありませぬか兄上」

「いや、なんだか次第に私は背筋が寒くなってきておるのだ。ひょっとするとこれは重大な事態なのではないか……とな」

「え……」

順之介は、硬直し始めている兄の表情に気付き、思わず息を呑んだ。

三

その翌翌日の江戸は朝の早くから、しとしとと降る陰気な忍び雨に見舞われていた。

首席目付千五百石**和泉長門守兼行**（いずみながとのかみかねゆき）は重い気分で朝餉（あさげ）を済ませると、書院にひとり閉じ込もり、文机の前に座って沈思黙考を続けた。障子を堅く締めて。

「あなた。お茶を此処（ここ）に置いておきますよ」

妻の夏江（なつえ）が障子の向こうから声を掛けて下がってから、もうかなりの刻（とき）が過ぎている。

熱い茶も冷め切っている頃だ。

長門守は暗い表情で立ち上がると、静かに障子を開け広縁の向こうを眺めた。

蓑（みの）を纏（まと）った家臣たちが二人一組となって、しとしと雨の降る庭内を見回っている姿が目に止まった。

障子を開けた長門守に気付いて、彼らが頭を下げる。

長門守も黙って頷きを返し、冷えた湯呑みを手に取って障子をそっと閉じた。

いつもは座敷の中ほどまで日が差し込む明るい書院であったが、今日はしとしと雨のせいで大型の燭台に火を点さねばならなかった。

彼は文机を前にして冷えた茶を飲み、溜息を吐いた。

今日は登城の日であったが、老中若年寄会議から彼に対し、自邸での待機命令が出ていた。前線の黒鍬衆が放った伝令によって、反幕組織へ**突入寸前**にあった桜伊銀次郎および前線の黒鍬衆の様子は、和泉守の耳に届いてはいた。

が、情報はその後プツンと途切れたままなのだ。黒鍬の情報収集能力と伝令能力が非常に秀れていることを、長門守は承知をしている。

反幕組織への**突入寸前**の様子については詳細に情報が持ち帰られた。しかし、その後の情報の伝達が幾日にもわたって途切れているという事は……幕府側勢力が**全滅**したか**捕えられた**かだ。

長門守はそう深刻に考えているのだった。一時は黒鍬の精鋭を結成して斥候として現地へ向かわせる事も考えたが、「情報混沌たるなかでの斥候派遣はかえって危険。二の舞になりかねぬ」と老中若年寄会議が反対し、「今しばらく自邸で情報待ちをせよ」という命令になったのだ。

広縁を静やかな足音が、書院へと近付いてきた。

長門守は湯呑みに残っていた茶を飲み干すと、人の気配が止まった障子の向こうに注意を払った。妻の夏江の気配である、と判ってはいたが。

「あなた……」

「構わぬ。入りなさい」

「はい」

夏江は障子を開けて茶の香りと共に座敷に入ってくると、しなやかな動作で直ぐに障子を静かに閉じた。

「熱いのを、お持ち致しました」

「そうか。有り難い……」

夏江が文机の上に、白い湯気を立てている茶を置いた。湯呑みの底にそっと黒文字の刺された大きな梅干しが一つ沈んでいる。

「これはよい……」

と長門守の硬かった表情が漸く緩んだ。

黒文字とは、山地に見られる高さ二丈（六メートル）前後にまで育つクスノキ科の落葉灌木である。特有の香気を漂わせることから、これを材として楊子を作ったりするため、茶道などでは黒文字すなわち楊子をあらわした。葉や種子からは香油もとれる。

またこの香気を好んで、茶室の生垣として用いることもあった。

「梅干しは昨年、庭でとれたものを台所の年若い手伝いの娘が拵えました」

「庭の梅でな……」

長門守は夏江の言葉に応じ、熱い梅茶を口に近付けた。

「うまい。やや酸っぱいが然しいい梅の香りじゃ。よく出来ておるな」

「その台所の年若い娘は百姓育ちですけれど、両親から真によく躾られておりまして……」

「公卿育ちだ、名家育ちだと言うても、両親の後ろ姿が不遜不実な日日であれば子はその不遜不実な日日を見習うて育とう。その結果一膳の粟飯さえも満足にとれぬ悲層の人人は絶望と悔しさの涙に暮れるのじゃ。なぜ自分たちだけが貧しいのか、とな。ところで百姓出のその台所の娘は、何という名かな?」

「節でございます。節分の節……素直で明るく年寄りに優しい、とても良い娘でございます」

「その娘の生涯が幸せになれるよう其方が面倒を見てやりたいのであれば、奥へ上げて武家作法および手習い事の修業などをさせてみなさい」

「宜しゅうございましょうか」

「それを言いたくて梅茶を持ってきたのではないのか。其方の綺麗な顔が、そう言うておる」

「まあ、綺麗な顔などと……それでは早速、節に言うてやりましょう」

「だが無理強いはいかぬよ」

「ええ、心得てございます」

夏江が淑やかに腰を上げ、障子を開けて広縁へ出ようとしたところで、長門守は声を掛けた。控えめな声だった。

「夏江――」

「はい」

と、振り向いた夏江に、長門守は穏やかな口調で告げた。

「**艶**の死は見事であった。見事であったのだぞ。よいな」

「そのように強く胸深くに刻み込んでおりますれば……」

「そうか。うん……」

夏江が広縁に出て障子を閉じ、消えていった。

突然に**艶**を失ったことで、夏江の胸の内に後悔と悲しみと絶望感が激しく吹き荒れていることを、長門守は理解していた。古の武家の血を引く**艶**を武家作法の見習いを目的として**津山近江守**六千石屋敷へ預けることを思いついたのは、実は夏江であったのだ。**艶**のためによかれ、と思うて考えたことが、**艶**の死という驚天動地を呼び込んでしまったのである。夏江の後悔は、計り知れない。

(全ては、**桜伊家**を再興させねばと焦って次次に手を打った私に、責任がある。銀次郎の幸せのためには、野に在って**拵屋**の商売を続けさせておくべきであったのかも知れぬ……)

声にならぬ声で呟いた長門守は、天井を仰いでフウッと深い溜息を吐いた。

重ねて述べるが、銀次郎の動向に関する情報は黒鍬の伝令による、たったの一度切りだった。

銀次郎を探していた前線の黒鍬衆が近江・湖東地方で彼を見つけ、それ故(ゆえ)に戦闘に巻き込まれていったあとの事は、全く判っていない。

銀次郎と共に前線の黒鍬が全滅していたなら……私は腹を切る。長門守はそう覚悟をしていた。

長門守は、黒文字で取り上げた茶の中の梅を、口に含んだ。種は取り除いてあった。

眉間に刻んだ重苦し気な皺(しわ)が梅の酸味で一層、深くなった。

その酸(す)っぱさが喉を通り過ぎるのを待って、彼は湯呑みに残った茶を呑み干した。

この時であった。広縁を小駆けに近付いて来る足音があった。長門守には誰の足音であるか、直ぐに判った。

「殿。急ぎでありますゆえ障子を開ける非礼をお許し下され」

硬い声のあと、書院の障子が開き、近頃めっきり白髪の増えた用人の山澤真之(やまざわしんの)

助が両手をついた。

「殿、ただいま新井筑後守様がお見えになられました」

と早口で告げ終えるや、姿勢の向きを玄関の方角に変えて、丁寧に平伏した。

もう広縁の其処まで新井白石は見えているようだった。

「なに。新井様が……」

と、素早く腰を上げた長門守は広縁に出て、平伏している忠実な老臣山澤真之助の前に立った。

「おお、これは筑後守様……」

「長門殿。遣いの者を走らせるよりも、私が出向いた方が速いと思うての」

「恐れ入ります。ささ、どうぞ……」

長門守は新井白石を書院に入れて障子を閉じるや、身早い動きで床の間を背にした位置に厚い座布団を敷き、「さ……」とやわらかな雰囲気で促した。

〝表の家禄〟だけを見れば、新井家よりも和泉家（長門守）の方が上であった。いや、上であった、という表現は正しくない。多かった、と改めるべきであろうか。本日この時点で両家を比較すれば、新井家は千石、和泉家は千五百石である。

だが、幕僚としての〝格〟では、圧倒的な差があった。

和泉長門守は首席目付。表向きの部下の数は諸役二千名に迫る。これに表には出ない〝陰の者〟が加わる。

大変な勢力ではある。

けれども一方の新井筑後守白石は、第七代徳川幕府の従五位下・最高執政官の立場にあって、老中格最高お側用人間部越前守詮房と共に、幕政を掌握している。幕府の人事権を掌握していたと言っても誤りではないだろう。大奥に対してさえ、睨みが利く。

四

「長門殿。安心しなされ。黒書院殿（銀次郎）の居所が判りましたぞ」

腰の大刀を取って座布団の上に腰を下ろすなり、新井白石は硬い表情で切り出した。

「なんと……筑後守様のお耳に桜伊銀次郎の、いや黒書院殿の情報が入りましたか」

「左様。萩原美雅勘定吟味役より報らせがあり申した。なれど長門殿。黒書院殿は肩に毒矢を射られ、命にかかわる重体のようじゃ」

「え……」

「直ぐに手を打たねばならぬ。上様のお耳へも入れましたが、余が直接に銀次郎の病床まで出向く、と申されてな。お諫めすると鋭い目でこの白石を睨みつけ、忠義の者の命が危ういというのに愚かなことを申すな、と厳しい態度でお怒りなされてのう」

「いくら何でも上様が黒書院殿の病床へ直接出向くなど、危険過ぎまする。して、黒書院殿は今どの辺りに？」

「品川宿の青助とか申す伯楽の家で、外科に秀れたる蘭医仙田東雲とその医生たちによる手厚い看護を受けているようじゃ。仙田は品川宿では名医と評判の外科医らしい。とは言え、命にかかわる重体と言うから長門殿。信頼のおける黒鍬の者を、黒書院殿の身辺に大至急差し向けねばのう」

「判りました。しかし筑後守様、我が方が余り目立った動きを取れば、黒書院殿が深く傷付いていることを、毒矢を放ったよからぬ勢力に気付かせることになります。ここは並外れた力量を備えし黒鍬をほんの一人、二人、誰に気付かれることなく差し向けるのが宜しいかと」

「同感じゃ。その辺のことは長門殿にお任せ致す……」

「上様が動けば筑後守様、騒ぎが大きく膨らんで目立つことになります。上様の動きはうまくお諫めして押さえて下され。それでなくても**大奥に対する此度の大粛清**で、城の内外は騒がしく揺れておりまする」

「上様のことは、この白石に任せて下され。それにしても英邁な上様じゃ、ぐんぐんと頼もしくおなりになる」

「まことに……」

「黒書院殿の御役目が、成功したのかどうか今のところ判っておらぬ故、お互いに身辺には充分に注意を払わねばなりませぬな」

「仰る通りです」

「**艶**殿の死は、全く予期せざる事態であった。真に胸が痛み申す。上様のお悲しみも変わらず深くてのう……」

「艶だけではありませぬ。黒書院殿と共に戦闘に突入していったとされる黒鍬の者多数の安否がまだ摑めておりませぬ。闘うことが重要な役目の一つであるとは言え、全滅したとなればそれぞれの里の遺族に対し、幕府として何らかのかたちを示さねば……」

「それはこの白石が確りと覚えておきましょう。かたちを示す段取りが必要となれば私が速やかに動きまする故、長門殿は首席目付としての支配権でもって、黒鍬その他二千名にならんとする手練たち精鋭の統帥に専念下されよ」

「心得ました。お気配り厚い御言葉、恐縮です」

「それではこれで、私は失礼しましょう。品川宿の青助なる伯楽宅へ並外れたる力量の黒鍬を一人二人差し向けること、くれぐれもお急ぎ下されよ」

「はい。直ぐにでも……」

「うむ」

頷いて新井筑後守白石は、脇に置いてあった大刀を手に腰を上げた。

「筑後守様、供の者は充分でございまするか。我が屋敷には剣の達者が揃っておりま……」

「あ、いや……」

長門守に皆まで言わさず、白石は小さく手を上げて見せた。

「ここへ来る迄は、柳生(やぎゅう)殿とあれこれ打ち合せを致しておりました故、凄腕の柳生衆六名を供にお借りしました。心配は無用にござる」

「あ、そういうことならば……」

と、長門守は頷きを返した。

二人は広縁を肩を並べ、玄関へと向かった。

庭内を巡回していた二人一組の家臣たちが、新井白石と主人(あるじ)が玄関方向へ動き出したので、周囲に厳しい目配りで注意を払った。

白石の供を引き受けた柳生衆六名は長門守も顔を見知った手練で、玄関式台の外側に三名、表門潜(くぐ)り戸の手前に三名が、新井家の家臣十数名と供に待機していた。

白石は玄関式台の前で腰網代(こしあじろ)（大身旗本家の駕籠(のりもの)）に乗ると、見送りの長門守と視線を合わせて小さく頷き合い、自分の手で簾(すだれ)を下ろした。

屋根に新井家の家紋が描かれた腰網代が、陸尺(ろくしゃく)（駕籠かき）に担(かつ)がれて動き出した。

　と、同時に和泉家の若党の手で表門がゆっくりと開けられ、潜り戸の手前で待機していた柳生衆三名が、屋敷の外に出た。

　長門守は腰網代に張り付くようにして表門を出ると、そこで白石を見送った。

　その行列が通りの突き当たりを右へ曲がるところで、柳生衆の一人が振り向き「大丈夫です……」と言わんばかりに軽く腰を折った。

　長門守はこっくりと頷きを返すと、家臣と共に足速に表門内へと戻った。

　険しい表情で玄関を入ると、玄関の間で夏江が何やら心得た顔つきで立ったまま待っていた。

「お新を書院へ……」

　長門守が夏江に近寄って囁くと、夏江が小声で応じた。

「すでに書院で待機させてございます」

「そうか。有り難う。あとで梅茶をもう一杯頼む」

「お新への用を終えた頃を見計らってお持ち致しましょう」

「うん……」

夏江の肩に軽く手を触れた長門守は急ぎ足で彼女から離れ、書院へ急いだ。

書院の障子を開けると、腰元の後ろ姿が床の間に向かって作法美しく頭を下げていた。

腰元の名を、**お新**といった。**お**付き名の二十四歳。和泉長門守邸に**特命役**として駐在する、女黒鍬二人の内の一人だった。もう一人は夏江に張り付いて、その身辺を警護している。この人事は、前の老中首座で幕翁こと大津河安芸守忠助と対峙するようになってから、実施されているものだった。

従五位下・新井筑後守白石の強い勧めによってである。

長門守は、先程まで白石が座っていた座布団に腰を下ろし、頭を下げたまま身じろぎ一つしない**お新**と向き合った。

「**お新**、楽に致せ」

「はい」

お新は顔を上げて主人と目を合わせた。化粧っ気の無い日焼けした顔は、気性の荒荒しさを覗かせて、精悍そのものだった。目尻が少しばかり吊り上がっている。

「この屋敷に詰めるようになってから、随分になるな」

「はい」

「居心地はどうじゃ。悪くないか」

「はい」

「何か不満はないか」

「ございませぬ」

「銀次郎の……いや、黒書院殿の所在が判明した。重体の身で品川宿の伯楽（ばくろう）宅におられる」

「重体……と申されましたか」

「猛毒矢で肩を射られたらしい」

「猛毒……」

「直（ただ）ちに手を打て。直ちにじゃ」

「承知致しました」

「行（ゆ）けっ」

「はい」

お新は正座をした姿勢を殆ど崩さず、あざやかな速さで書院から広縁へと下がっていった。

お新に与えられた銀次郎情報は、重体の身で品川宿の伯楽宅にいる、だけだった。

五体の全てを鋭い感覚として危険な御役目に就いている黒鍬衆にとっては、それだけで充分なのであった。

黒鍬たちは、一の情報を五にも十にも膨らませて吸収し、素早い行動に移る。

「銀次郎……すまぬ……全て私の責任じゃ」

長門守が呻くように漏らしたとき、障子に夏江と見誤ることのない人影が映った。

五

身形正しいスラリとした後ろ姿の女が俯き加減で表通りを左に折れ、四盤敷が綺麗に調っている小路へと入っていった。真っ直ぐに伸びた小路幅はおよそ一間半。左右両側にはこの江戸では数少ない尼寺、春香寺と古様寺の高さやや低目な築地塀が迫っていた。その手入れ美しい築地塀を眺めるだけで、春香寺と古様寺に対する幕府の寄進や援助が並並ならぬものと知れた。

春香寺と古様寺の、目立たぬ質素で小さな拵えの出入口門は、この四盤敷の調った小路に面していたが、常に堅く閉ざされていた。尼寺の性格ゆえであり、また若い尼僧もいるからであろう。近頃の江戸は浪人たちが著しく目立ち始めており、また盗賊騒ぎも増える傾向にある。

身形正しい**女**は春香寺と古様寺の門前を通り過ぎる際、歩みを止めて合掌した。ついでに合掌する、といった申し訳程度の後ろ姿では、決してなかった。むしろ思いつめたような感じがその後ろ姿にはあった。

四盤敷が綺麗な小路は、真安禅寺の**唐門**に突き当たり、小路はそこで終わっている。

唐門に平安時代後期の特徴——**唐破風**——を顕著に浮かびあがらせている真安禅寺は、室町真安禅寺派の大本山であった。

破風とは、切妻屋根の三角形の部分を指しており、読者の皆さん若し奈良旅をなさる場合は是非とも法隆寺北室院（きたむろいん）を「室町時代の唐門あり」と心にとめてお訪ね下されればと思います。

この真安禅寺こそ、大番頭（おおばんがしら）六千石**津山近江守忠房**の菩提寺（ぼだいじ）だった。

そしてこの寺の津山家の墓地に、**艶**（えん）は津山家の娘のひとりとして大切に埋葬（まいそう）されているのだ。火葬ではない。柩（ひつぎ）の内側六面を炭粉で厚く塗り固めての埋葬である。余りにも見事な覚悟でもって、津山近江守の妻**お園**（その）および娘**茜**（あかね）を守ったため、近江守が火葬を承知しなかったのだ。

何年後でも何十年後でも何百年後でもよいから再びこの世に戻ってきてくれ、と強く願って。

身形正しい件（くだん）の**女**は、スラリとした後ろ姿にそこはかとない悲哀の情を漂わせながら唐門を潜り、境内（けいだい）を日差し射し込む方向に進んで、鐘楼の手前を右へ折れた。

正面に枝葉を大きく張りめぐらせる銀杏（いちょう）の巨木があって、その巨木にまるで抱かれるような感じで、真四角な構造になっている真安解脱堂（しんあんげだつどう）があった。

信者であってもなくとも、悩みを抱えてこの寺を訪れた者は、この真安解脱堂で住職**学庵**から色色な話・教えを戴けるのだった。

何処の寺院にも三門（あるいは山門）というのがあって、悩みを持つ人人はこの三門を潜って寺院に自身を預けるのだ。

預ける目的をもって、三門を潜るという事である。

三門とは、実は**三解脱門**を略した言葉であることを、知っておいて戴きたい。解脱とはその文字からも見当がつくように、**迷いから解放されること**、だと考えてよいのではないか。

では三解脱……三つの解脱とは何なのか？

それは欲望（貪欲）、怒り（瞋恚）、愚かさ（愚痴）から脱け出すことを指していると思われる。

件の**女**が、真安解脱堂の前に老僧の姿を見つけて歩みを止め、うやうやしく一礼をした。作法を心得た淑やかな後ろ姿に、ほんの一瞬ではあったが**女の香り**がそっと散った。

老僧は当寺の住職学庵であった。

「今日も来なされたか。何時もほぼ同じ刻限じゃのう。仏もさぞや喜んでおられよう」

そう言いながら件（くだん）の女に静かに歩み寄り、女もまた間をゆっくりとした歩みで詰めて再び頭を下げた。

「今日は茶を点（た）てましょうかの。宜しければ墓参りを済まされた帰りに、解脱堂へ入ってきなされ。美味しい菓子なども進ぜましょう」

女は聞き取れぬ程の小声で短い言葉を述べると、再び丁重に頭を下げて学庵から離れていった。

解脱堂から竹箒（たけぼうき）を手に、十三、四くらいの小僧が現われた。

「今日もお見えになりましたね和尚様」

次第に遠ざかってゆく女の淑やかな後ろ姿を眺めながら、小僧が囁いた。

「うむ……見えられる回数が重なるにつれ、なんとも言えぬ不思議な清涼感を深めてゆかれるように感じるが……この年寄りの気のせいかのう竹宣（ちくせん）や」

「いいえ和尚様。この竹宣もそのように感じます。それにとてもお美しい方（かた）で……」

「これ、小坊主が生意気を言うてはなりませぬ……しかし……確かに美しい……

それも妖しい美しさ……あ、いや、これはいかぬいかぬ」

「あれ、和尚様が慌てていらっしゃる」

「こりゃ、夕餉を抜きにするぞ竹宣。あははは っ……」

女の後ろ姿が、梅林の中へと消えたので、学庵は漸く普通に笑って目を細めた。

この梅林は毎年、梅の実をよく実らせる。

寺ではその梅の実で梅干しをつくり、檀家や町の人人に乞われて安く頒けている。

梅林を南方向へ抜けると、日当たりのよい広大な墓地の出入口があった。

梅見門と呼ばれていた。小造りな貴品漂う質素な門だ。

屋根は切妻造杉皮葺で、屋根裏は竹垂木四本と小舞竹五本とで組まれており、その屋根を支える柱は丸太そのままだった。まことに風雅な小拵えの門であって、墓地の出入口らしくないところが檀家にも、梅の花の頃の参観客にも大層気に入られていた。

女はその梅見門を潜り、少し行った先を左に折れて歩みを止めた。

幕府重臣、大番頭六千石津山家の墓所であった。

ゆったりとした敷地の中に、黒御影石で組まれた気張りを抑えた印象の墓だ。津山家という名家の、〝人柄〟というものが表われている、と言えようか。

その黒御影石の墓に寄り添うようにして、目映いばかりに磨き抜かれた白御影石の立派な墓石があって黒文字で、**聖光院艶月妙照大姉**、と法名が彫られていた。**艶**の墓であった。

女は津山家の墓に対して、立姿勢のまま美しく一礼をすると、**艶**の墓前に移って静かに腰を下ろし合掌をした。

女の口から読経の声が漏れることはなかったが、長い合掌だった。

どれくらい経った頃であろうか。女の背後で声がした。遥かに離れたところで囁いているかのような〝遠い微かな声〟であった。

(頭領様。黒書院様の所在が品川宿と判明致しました。猛毒の矢で肩を射られ、重体の身を伯楽宅にて蘭医の治療を受けておられます)

合掌していた**女**が、合わせていた両の手を解いてそっと腰を上げ、そして振り返った。

なんと……当寺の住職学庵と小坊主がウットリと気を引かれていた後ろ姿が淑

やかで美しい**女**は、四百数十名で組織される大集団黒鍬の女頭領、**黒兵**であった。

双方の遣り取りが始まった。

(判った。ご苦労)

(御指示があれば直ちに……)

(持ち場に戻っていよ)

(畏まりました)

短い遣り取りが済むと、黒兵は何事もなかったかのように歩き出した。

御所風髷に結った髪と振袖が黒兵によく似合っていた。帯に通した懐剣は、柄袋の膨らみ具合から、鍔付きと思われた。懐剣と並んでいる青い布袋の中は、見た瞬間の硬い印象から手裏剣ではないかと思われる。

梅見門を潜って墓地を出た黒兵は、梅林に入っていった。

梅の花の頃でも実の頃でもない現在は、ひっそりとして人気の無い梅林だった。

梅林の中ほどまで来て、黒兵の歩みがフッと止まった。

凛として、どちらかと言えば冷やかに整ったその面に、「あら?……」という表情があらわれた。

彼女は二、三歩を小さく引き返すかたちで、傍(そば)の梅の木に近寄ってゆき、指先を一本の小枝に近付けていった。

これは一体どうしたことであろうか。梅の花の頃でも実の頃でもない今時に、小枝の先に小さな小さな一輪の花が咲いていた。

ひとたび怒りを迸(ほとばし)らせると、巨漢の剣客と雖(いえど)も制圧できる黒兵が、弱弱しく咲いているその小さな花に指先でそっと触れ、やさしく目を細めた。

その控えめな動作の中で、ぞくりとする喩(たと)えようのない妖しさが刹那(せつな)の眩(まぶ)しさで輝いて消えた。そのせいかどうか、高枝に身を寄せ合ってとまっている二羽のメジロが、飛び去ることも忘れて息を殺している。

「お前は散り忘れたのですか……それとも迷(まよ)い咲(ざ)き?」

澄んだ声で囁いた黒兵は、ふふっと含み笑いを残して、再び歩み出した。桜伊銀次郎の重体の報告を受けたばかりだというのに、この落ち着きようは一体どうしたことか。

黒兵は銀次郎の**不老不死**と譬(たと)えてもよい程の壮烈な戦闘能力に対し、絶対的な確信を抱いているのだった。あの御方(おかた)は大丈夫、と。

銀次郎様のことをそれほど迄に深く理解している、というのが彼女の静かな誇りである。

黒兵は歩みを緩めて、晴天の空を仰いだ。

梅の木の枝と枝の間に、満月に近い真っ白な月が浮かんでいた。

ゆっくりとした歩みに、スラリとした豊かな体を預けた彼女のかたちよい唇から、歌がこぼれた。


梅の花咲けるを見れば君に逢はずまことも久になりにけるかも

古今集か新古今集からでも諸作法を学び取った上で、独自に歌った即詠歌なのであろうか。命を賭する任務を微塵も恐れぬ黒鍬の女頭領がつくったものと若し銀次郎が知れば、右のあでやかにして気品に満ちた五七五七七（短歌）に衝撃を受けたやも知れない。**なりにけるかも**　の　**ける**　はたぶん助動詞　**けり**　の連体形ではないか。また　**かも**　は感動を表に出す詠嘆の終助詞であろうから、梅の小花を見た黒兵はこの即詠歌で誰かを想ったとも考えられる。

知らぬ間に梅の花が咲く頃になっていたのですね、あの御人に随分長いことお会いしていない日日に気付かされて……。

といったような熱い感情が、ときに妖しさをふわりと表に漂わせる黒兵の豊かな胸の内に息苦しく疼いているのであろうか。

では、**あの御人**とは一体誰のことなのか。若しや銀次郎？……いや、いくら何でもそれはちょっと（著者の呟き）。

黒兵は梅林を真安解脱堂の方へと、たおやかに歩を進めた。

寺院の三門とは、三解脱門の略であると、前述した。

この三門は仏法では『無相』『空』『無願』の三つを指すと言われている。『空』は『無空』と捉えてもよいから、この**三無**はまさに**心を無にして無心に仏界を敬うべし**、と説いている。

『無相』『無空』『無願』にして『無心』。これは剣術の極意にも通じる思想であると言える。

と、黒兵の歩みが止まった。穏やかにして端整な表情ではあったが、何かを感じたのであろうか目眦が僅かに跳ねている。

それだけではなかった。目立たぬ然り気ない動きで、懐剣の柄袋を取り払い、履いていた白い雪駄を脱いだではないか。

（三名……いや……五名……）

胸の内で呟いた黒兵が、今来た方向をゆっくりと振り向いた。

烏がひと声、甲高く叫び鳴いて、羽音荒荒しく飛び去る。

黒兵の引き締まった唇の内で、舌がチッと小さく打ち鳴り、双眸がギラリと凄味を覗かせた。

六

遥か彼方に赤い小さな明りが生じた。それが何かの狂気に推されたかの如く信じられないような勢いでみるみる迫ってくる。紅蓮の炎を発して回転しながら、凄まじい速さで迫ってくる。

俺は重量刀をぐいっと大上段に身構えた。其奴は怯みを見せずに目の前で巨大化するや、牙を剝いて吼えた。甲高く吼えた。炎玉が其奴のまわりに飛び散った。怒り狂ったように飛び散った。

俺は予想をこえた異常なその光景に向かって、渾身の力で斬り下ろした。炎玉は悲鳴のような音を立てて真っ二つに割裂し、一つは宙高く跳ね、一つは俺の肉体に激突した。

そう。激突だ。

俺は、もんどり打って倒れた。助けてくれ、と叫ぶ間もなかった。激痛が全身を走った。炎走が稲妻よりも遥かに速く肉体の隅隅に至って焦がしてゆく……嫌な、不快な、焦げる臭い。

俺は呼吸を止めた。

断末魔の苦しみにのたうつ事さえ、許されなかった。ひと苦しみ、さえも出来ずに。

一瞬の内に呼吸を止めた。

だというのに……暫くすると気が遠くなりそうな程の遠くに、やわらかな光が見えだした。それこそが仏の世の輝きであろうと、俺は勝手に思った。

そのやわらかな輝きが、俺のまわりを覆うように孔雀の羽状に広がって、俺は目を覚ました。

其処は矢張り静かな仏の世界だった。

観世音菩薩様が、日の光を背中に浴びて、ほら、目の前に薄らとしたお姿で座っておられる。

「お目覚めになられましたね」

尊くやさしいお言葉だった。とても綺麗に澄んだお声だった。すうっと胸に染み込んでくるような。

「はい」

と神妙に俺は答えた。観世音菩薩様の背中の明りが、少し眩しい。

途端、俺は自分が誰かを思い出した。いや、菩薩様のお力が思い出させてくれたようだ。

従五位下加賀守、桜伊銀次郎正継であると。

「今暫く、何も考えずにお安みなされませ」

はい、と答えた俺であったが、何故か胸騒ぎに見舞われ出した。

俺は自身の覚醒を確かめようと、少し慌てた。

「そのお声……菩薩様で……いらっしゃいましょうね」

しかし、お答えは戴けなかった。そのかわり俺の額から何かが除かれた。何かが、のっていたのだ。そして微かにピチャッと水の跳ねるような音がして、ひんやりと冷めたいものが俺の額に戻ってきた。ぼやけた視界の中で、濡れた手拭いだなと判った。

「お目がまだ、はっきりと見えないのではありませぬか」

ふわりと温かく感じられる菩薩様のお声が、耳に心地よかった。そう言えば己れの覚醒を確かめようといささか焦っているのに、意識はゆらゆらと遠のいたり近付いたりを繰り返している。

けれども不安は少しもない。むしろ、心の臓のあたりが心地よかった。

「いかがでございますか、お目の方は?……」

菩薩様が重ねて訊いて下さった。

「はい。ぼやけたり、少しはっきりと見えたりを繰り返しておりますようで……」

「高熱が続いておりましたから……でも、その熱も殆ど平熱におなりです」

「菩薩様の……御蔭でございます」

「私は菩薩様ではありませぬ」

「え？」

「さ、あとひと眠りなされませ。次に目覚める時は、全ての人、物、かたちが鮮明に捉えられましょうから」

澄んだ美しい声のひとは、そう言って俺の寝床に寄り添う程に気配を近寄らせ、布団を胸の上までそっと上げてくれた。

このとき俺の本能が軽やかに跳ねた。そう、跳ねたのだ。軽やかに。

俺の嗅覚は、甘くやさしい香り、なつかしい肌の香りをふわっと捉えていた。

熱い血が、たちまち俺の五体枝葉に、忙しく駆けめぐった。視界が霞んでいるというのに。

「もしや……黒兵……黒兵か」

「…………」

「黒兵であるな。答えよ」

「はい。仰せの通りでございます」

「そうか、黒兵か。だが顔がよく見えぬ。もそっと近くへ……」

「気を高ぶらせては宜しくない猛毒が、まだ血の中に残って体内を巡ってございます。そのせいで視力が充分に戻っていないのでございましょう。今しばらくお心静かにお安みなさいませ……」

「真に黒兵なのだな」

俺は猛毒と聞いて情けないことに思わず心細くなり、ぼんやりと見えている人影の方へ手を泳がせた。

その手が軽く引かれるようにしてふわりとやわらかく、包まれた。俺は漸く判った。ああ、これは間違いなく黒兵の手であると。ひとたび鉄拳と化せば、巨漢の剣客と雖も一撃で倒す筈の黒兵の手の、なんと心地よいふくよかさであることか。

「此処は一体何処なのだ黒兵……」

「品川宿のある心ゆたかな百姓の家でお世話になってございます」

「そうか……大層迷惑を掛けたのであろうな」

「はい。お元気になられましたなら、改めて此処をお訪ねになり……」

「うむ、判っている。きちんと謝意を表わさねばな」

「はい」

「お前は大奥の御役目に就いていた筈。その御役目……」

「お止しなされませ。今は黒書院様の御身がお大切。だから幕命により黒兵が此処にこうして控えているのでございます」

「幕命……か。して、この家の者たちは今、どうしておる」

「ぐっすりと眠って戴いておりまする。ご案じなさいませぬよう。穏やかな手段を用いました故」

「……穏やかな……手段とな」

「呼吸が少し小乱れとなりつつあります。宜しくございませぬ。さ、お眠りなさいませ」

　俺は黙って頷き目を閉じた。この大きな安心感は何としたことだろうか。艶を亡くしてまだ日が浅いというのに、**不謹慎**の**不謹**さえも覚えぬではないか……。

「おい黒兵。あと一つ聞かせてくれ」

「何でございましょうか……」

「お前は幕命により、俺に張り付いてくれているのであったな」

「張り付くなどと……なれど、はい。左様でございます」

「俺を護るために、お前ひとりの身に負担が掛かっておるのか」

「黒鍬衆は頭領が動けば、私が指示を発しなくとも十数名の手練が必ず、目立たぬよう陰に潜み動きを共に致します」

「うむ……それを聞いて安堵した。眠い……頼むぞ」

「安心なされませ」

黒兵のふくよかな手で包まれていた俺のごつごつした大きな手は、そっと布団の中に戻された。

ゆっくりと押し寄せてきた睡魔に、俺は甘えた気分に浸って素直に流され出した。何という俺らしくない俺だ。たかが毒矢で射られたくらいで、赤ん坊気分にでも陥ったのかえ。洒落臭えことだ。まったく。

が、黒兵よ……有り難うな。矢っ張りお前だ。

七

伯楽の青助は、はっきりと耳に伝わってきた蹄の音で目を覚ました。

見ると土間を挟んで台所と向き合っている板間で、皆がまだよく眠っていた。皆とは、元気で大柄な女房の小代、四人の幼子たち、そして蘭医仙田東雲門下の有能な医生、順之介と数江の合わせて七人だった。当初、東雲先生は泊まりを引き受ける積もりだったが、結局数江に任せ帰院していた。診療所に容態の気になる入院患者がいるからだ。

「いけねえ……」

と青助は顔色を変え小慌てに陥った。余りにも〝ぐっすりと眠っていた〟という感覚が脳裏に濃く残っていた。

青助は小代に掛かった継ぎ接ぎだらけの襤褸布団を撥ね除けた。

「おい、起きろ。小代……」

小声に力みを加えた青助は、女房の大きな乳房をわし摑みにして揺さぶった。

「え？……え？」

と、小代が殆ど反射的に体を起こした。寝着の下で乳房がゆさりと躍る。

青助は女房の向こう隣に眠っている医生の数江を指差した。

「起こすんだ。早く……」

言い置いて青助は、四人の子供たちの向こう端で、大の字になって鼾をかいている医生の順之介の枕元へ這い寄っていった。

「先生……順之介先生」

青助は、順之介の耳に口を近付けて名を呼び、肩を小刻みに忙しく叩いた。

女房小代の隣では、数江が目をこすりながら、のろのろと体を起こしている。

「順之介先生……起きて下さい」

青助は声を張りあげた。医生ではあっても、青助たちから眺めれば〝先生〟だった。

え？……という顔つきで、順之介が目を覚ました。

外で馬の嘶きがしたのは、この時だった。すぐ外だ。一人ではない人の気配も、伝わってきた。

驚いた青助は、草鞋（わらじ）を履（は）くのも忘れ、土間から外へと勢いよく飛び出した。

「あっ」

青助は小さくない叫びを発して、思わずのけぞった。目の前に牛車ならぬ馬二頭で引くかたちの**馬車**が止まっていた。馬二頭は前後に、つまり縦につながれており、先頭は見るからに隆隆たる体躯（たいく）の黒馬、その後ろは茶毛の馬だった。

馬車は大型の**大八車**に黒い幌（ほろ）——真新しい感じの——をかぶせたものだった。いつの間にどのようにして工作したものなのか、それとも前もって用意されていたものなのか、**両側面**と**屋根**が確（しっか）りと張られている。どうやら大八車の荷台に内柱（うちばしら）が巧妙に組み立てられその上に、幌が緩（ゆる）み無く張られているようだった。明らかに手馴れた者の作業だ。**前後**はここも真新しく清潔そうな簾（すだれ）が下がっている。刈り取ったばかりの若い藺草（いぐさ）で編んだかのような、青青とした簾だった。大きな双（ふた）つの車輪は泥ひとつ付いておらず、いささか大袈裟に表現すれば、ぴかぴかに磨（みが）かれている。

こう書けば京（みやこ）の上級公卿（くぎょう）たちが晴れの行事の際などに用いる乗り物『御唐車（おからぐるま）』を思い出しかねないが、そのように贅沢なものではない。あくまで大八車を用いた馬車だった。

ただ、異様なのは、その馬車のまわりを十七、八名の身形正しい女たち——武家女中風な印象の——が取り囲み、そのいずれもが鍔付きの実戦用ともとれる懐剣を胸元に帯びていることだった。しかも柄袋はせず、鍔付きであることを、あからさまに見せている。

更に注目されるのは、十七、八名の武家女中風な女たちのうち一人だけが、**絹すだれ**で面を隠していることだった。

すなわち、顔を見えないようにしている、という事だ。けれども薄い**絹すだれ**であるから、内側からは〝外〟が恐らくよく見えているのであろう。

青助は息を殺し体を硬直させて、その**絹すだれ**の女を見つめた。その女こそが十七、八名いる御女中風な女性たちの中で最も高位の人物なのではないか、と見当がついた。伯楽と百姓で一家を一生懸命に養っている青助は、馬仕事で武家の下級の者や町役人と打ち合せをすることが間間有る。だから、それくらいの見当はついた。

その絹すだれの女がひっそりと腰を折ってから自分に歩み寄って来たので、青助はさすがにたじろいで二、三歩を下がった。

だがその女は、青助が下がった二、三歩をさらりとした感じで自然に詰めると、再び頭を下げた。今度は作法美しく深深と腰を折った、曰く有り気な御辞儀だった。

青助はその女が絹すだれで隠した面を上げるのを待って、ゴクリと生唾を呑み込んだ。

「青助殿……」

「は、はい」

青助は自分の名がその絹すだれの女に知られていることを驚くよりも、その女の澄んだ声の内に漂うゾクリとした柔和な妖しさに、思わず鳥肌が立ち頭の中に熱いものが走った。

「この度は旅先で予期せざる災難に遭いましたる我が夫をお助け下さいましたること、この通り厚く感謝申し上げまする」

そう言ってまたしても丁重に腰を折った絹すだれの女を見習い、控えていた十数人の武家女中風も一斉に頭を下げた。一糸の乱れもなく見事に呼吸が調っている。

「我が夫……と仰いましたか……そ、それじゃあ中にいらっしゃるのは……」

と青助は小刻みに震える指先で後ろの土間口を指差してみせた。

「はい。幕命にて御役目旅に出ておりました我が夫でございます。突然で真に非礼ではございますが、こうして迎えに参りました」

「そ、それにしても……御主人が此処にいると……どうしてお判りに？」

　青助のこの問いはまずかった。絹すだれの奥から、射るような鋭い気配が一瞬自分の眼に向かって放たれたような気がして、青助は呼吸を止めた。何一つ武道の心得もない青助にも感じられる程のそれだった。

「桂……」

「はい」

「青助殿に……」

「畏まりました」

　絹すだれの右手脇に控えていた桂とかいう二十二、三の武家女中風――矢絣模様の着物を着た――が答え、その直ぐ後ろに位置していた隆隆たる体軀の黒馬に近付くと、鞍に掛け下げてあった皮袋から慎重に何やら取り出した。傍にいた一人、二人も手伝っている。

青助はその手元を熟っと見守ったが、彼女たちの背中が邪魔をして何も見えない。

絹すだれが、青助の注意を逸らす目的でか、そっと声を掛けた。

「青助殿。夫はもう目覚めておりましょうか」

我に返ったかのように青助の注意が、絹すだれに戻った。

「たぶん……は、はい」

「ならば、夫を運び出させて戴きましょう。**藤**、**浜**、**松**、**萩**、お前たちは手筈通りに……」

承知致しました、と四人の武家女中風が答え、たちまち手早く動き出した。作業のための襷掛をする訳でもない。四人は身形調った衣裳そのままに動いて、大八車を丁寧に覆った幌の中から等身大の戸板を取り出した。

拵えたばかりと見える白木の戸板だ。そして既に、真新しい清潔そうな薄布団が敷かれている。

青助は茫然の態で眺めるほかなかった。はじめから緻密に組み立てられていたかのように、なにしろ四人の武家女中風たちの動きが速過ぎるほどに速い。

「屋内に入ったならば四人の幼子たちへの気配りを忘れてはならぬ。決して怯えさせぬように注意しなされ」

「はい。心得てございます」

絹すだれの澄んだ声の指示に四人は口調を揃えて答え、土間口を入っていった。

青助はその遣り取りを聞いて、背筋に寒気を覚えた。

それはそうであろう。

絹すだれは四人の幼子の存在まで知っているではないか。一体これは何がどうなっての事態なのであるのかと、青助の頭は激しく混乱を始めた。

八

桂が菓子折とひと目で判るものの上に、白木の小さな三方をのせて、絹すだれの前に恭しく立った。三方の上には切り餅が一つのっている。

絹すだれはそれを桂から受け取ると、青ざめた顔になっている青助に近寄っていった。

「青助殿。夫が大層お世話になりました。これは心ばかりの御礼の印でございます。小代殿ほかお世話下された皆様にくれぐれもよしなにお伝え下さいまするよう……」

絹すだれは優美に腰を折ったあと、手にしていたものを青助に差し出した。

「と、とんでもねえ……ことでございやす。へえ、そ、そのようなものは……」

「さ、お受取り下され。菓子は幼い四人のお子が喜びそうなものを見繕うて参りましたゆえ」

「さ、さようでございますか……へえ……へえ……それでは」

青助の頭の中は、女房小代の名まで相手に知られていたことで、真っ白になっていた。

絹すだれが桂が控えている位置にまで戻ったとき、藤、浜、松、萩の四人の手で白木拵えの戸板が土間口から運び出されてきた。

戸板に敷かれた薄布団の上には誰かが横たわって……いや、従五位下加賀守、桜伊銀次郎正継が横たわっていた。この堅苦しいばかりの位階を内心激しく拒否している銀次郎ではあったが、ま、ここではその通りに綴っておくことにしよう。運び出されてきた戸板の後ろから、二人の医生や青助の女房小代、そして四人の幼子たちがぞろぞろと現われた。

目の前の光景に驚いて目を見張った彼らに対して、三、四歩を歩み寄った絹すだれは、黙って深く頭を下げ、他の武家女中風たちもそれを見習った。

そのあと絹すだれは、まるで地の面を滑るような速い動きで馬車の幌の中へと姿を消した。

藤、**浜**、**松**、**萩**の四人が、皆が見守るなか戸板を幌の内へ静かにゆっくりと滑り込ませる。

ここで幌の内側をちょっと眺めてみる必要があろうか。

幌の天井の部分について簡単に述べれば、幅一尺余、長さ半丈余（一五〇センチほど）が刳り貫かれており、その部分が和紙（わし、とも）で塞がれていた。和紙とはこれまた危うい、と思われる方がおられるかも知れないが、存外に和紙は丈夫なのである。

植物の繊維質を素材としている和紙は、手漉きの紙の中では、最も薄くて強度に富み、しかも植物の繊維質という自然素材に特有な光沢とかやさしい色合に秀れている。

破ろうとしても、楮（紙麻）などの長い繊維質が確りと複雑に絡み合っているため、容易には破れない。強靭な紙、という表現を当て嵌めてもよいほどの丈夫さだ。紙としての〝耐力〟も相当なもので、**奈良・正倉院**には**千年**を超えてもなお朽ち果てずに残っている和紙があり、そのことを証明している。

物語に戻そう。

幌の天井のかなりの部分が和紙で施されていることもあって、白木の戸板を受け入れた馬車の内部は意外な程の明るさであった。前・後の簾を下ろしてもである。

馬車は直ぐさまゆっくりと動き出した。幌内から絹すだれが指示を発するまでもなく。

白木の戸板の上で目を閉じ横たわっている人物――桜伊銀次郎――が、枕元に座っている絹すだれに向かってポツリと呟いた。

「もうよいであろう。顔を見せてくれ」

「はい」

女はかぶり物をそっと脱いで素顔を見せた。黒鍬の女頭領**加河黒兵**その女であった。ということは馬車の周囲を固めている十数名は、当然のこと女黒鍬衆の精鋭。

かぶり物を脱いだ加河黒兵は、銀次郎に顔を近付けて囁いた。

「馬車の揺れ、傷を疼かせてはおりませぬか」

「大丈夫だ……」

小声で応じ、銀次郎は薄目を開けた。

「お前を見ると気持が落ち着く。よくぞ来てくれた……」

「黒書院様が危うい時は命を賭して対応致しますと、これ迄に幾度となく申し上げて参りました」

「うむ……」

「安心してお安みなされませ。馬車の周囲は頭領直属の精鋭で固めておりますゆえ」

「そうか……が、も少し顔を近付けてよく見せてくれ。今少しお前と話がしたい。さ、顔を……」

「こう……でございますか」

「ん？……右の頬に薄らとした切り傷があるが、いかがした？」

「何者とも知れぬ五名に、襲われましてございます」

「なにっ」

「あ、体を起こしてはなりませぬ。傷口が開きまする。お静かに」

「なれど黒兵……」

「相手に不覚をとった訳ではありませぬ。相手の激しい連打を受けましたる際、私の懐剣の切っ先が思わず弾けて頬に触れたのでございます」

落ち着いて、ひっそりと澄んだ声の、黒兵の囁きだった。

「一体何者なのだ」

「判りませぬ。五名全員を倒しましたなれど、身分を証するものは何一つ身に付けてはおりませんでした」

「場所は？」

「大番頭六千石津山近江守忠房様の菩提寺真安禅寺の梅林でございまする」

「艶を……訪ねてやってくれたのか」

「はい」

「すまぬ。我が身のこの体たらく……情け無い」

艶が見事に津山近江守の妻お園および娘茜を護った光景を想像でもしたのであろう、銀次郎の目から涙の糸が細く尾を引いた。

黒兵の指先が銀次郎の目元に近付いて、涙の尾を黙って拭き取った。

「ところで黒兵。お前のことだから既に把握していると思うのだが……」

湿った声で、ところどころ未だ呂律が回ったり回らなかったりであったが、銀次郎の口調が改まった。

黒兵は応えず、もう一度指先を銀次郎の目元に近付けて、拭き残した涙を綺麗にした。

「私の傷を手当してくれた医師の名を知りたい。後日、お礼で訪ねなければならぬのでな」

「仙田東雲先生と医生のお二人でございます。品川ではなかなかに評判だそうでございますよ仙田東雲先生は」

「仙田東雲先生と仰るか……東雲先生な……お」

銀次郎の表情が何かに気付いたかのように、止まった。

黒兵が囁いた。

「お気が付かれましたね。江戸の神田に柴岡東雲先生という評判のお医者様がいらっしゃいます」

銀次郎がチラリと表情を歪（ゆが）め、小さく頷いた。

拵屋（こしらえや）仕事が引きも切らぬ頃、銀次郎のその仕事を表に立ち裏へ回って手伝う美貌の女（ひと）がいた。

夜の社交界で『**神楽坂（かぐらざか）の黒羽織姐さん**』と呼ばれている**仙（せん）**であった。女手ひとつで**紀美（きみ）**という三歳の女の子を一生懸命に育てていた。

「お二人の東雲先生。御名は同じでも全く関係の無い者同士、と既に把握できてございます」

「そこまで調べているのか、黒鍬は……」

「和泉長門守（いずみながとのかみ）様（銀次郎の伯父）の厳命に従い、黒書院様の身辺の安全を一層強固と致すため、拵屋のお仕事が旺盛なりし頃については、詳細にわたりお調べさせて戴いてございます」

「なんとまあ……では神楽坂の黒羽織姐さんと呼ばれていた仙という女についても、存じておるのだな」

「はい。高熱で苦しんだ仙殿が柴岡東雲先生の治療で救われたことも、現在は下総国（千葉県）佐倉十万二千石城下の大店で知られた衣料問屋へ嫁ぎ、お幸せにお暮らしのことも、お調べ致しております」

「ちょっと待て黒兵……仙が佐倉城下へ嫁いだだと？」

「はい。嫁がれたのは比較的最近のことと存じます」

くそっ、伯父だ。伯父が仙をこの俺から遠ざけよった、と銀次郎の目が険しくなった。

黒兵が労るように、やわらかく囁いた。カタンと音立てて馬車が小さく揺れる。

「仙殿とそのお子は間違いなく幸せにお過ごしでございます。黒鍬衆の目できちんと確かめてございますゆえ、黒書院様はご安堵なされませ。さ、もうお眠りに……」

「黒兵……」

「はい」

「念を押す迄もなく佐倉藩十万二千石は、もと御老中の稲葉正往（いなばまさゆき）様（正通改名）が御当主であるな」

「はい。なれど……」

「もうよい……眠る……呂律が回り難いので喋るのがしんどい」

「稲葉正往様は目下のところ御病体にて……」

そこまで言って言葉を抑えた黒兵は、まあ……という表情になって妖しく微笑んだ。

今の今まで喋っていた銀次郎が、スヤスヤと穏やかな寝息を立てている。

黒兵の手が、汚れて乱れたままの髪にやさしく触れて、調えた。

「黒鍬の影屋敷（かげやしき）に落ち着かれましたなら、この私（わたくし）の手で綺麗にして差し上げましょう」

黒兵はそう囁くと、それまでの姿勢を改めて背が幌に触れるまで下がって、目を閉じた。

銀次郎ほどの剛の者がこれ程の深手を負っている以上、共に多数の敵へ突入していったとされる黒鍬の者はおそらく全滅していよう、と黒兵は覚悟していた。

「**仙**……」

眠りに溶け込んでいっている筈の銀次郎の口から、ポツリと小声が漏れた。

カタンと音立てて馬車がほんの僅か傾むき、直ぐに元に戻った。

「**艶**殿が侍と雖も真似し難い見事なご最期を遂げられたばかりだというのに、この御方のお心は一体、何処をどのように泳いでいらっしゃるのであろうか……」

殆ど言葉になっていない呟きを形良い唇の間からこぼして、黒兵は少し淋し気に苦笑した。

まかり間違ってもこの御方を、幸せを得た**仙**の住む佐倉へ向かわせてはならないと思っている。

佐倉の領民の心は実に豊かで清潔である。**謀**や捏造した**嫌悪**でもって他者を一方的に傷つけることを**恥**と心得ている。その心豊かな風土が『学問熱心』を生み、医学、蘭学、兵学、儒学、芸術などの研究につながる藩校**成徳書院**が立ち上がった。そしてこの『学問熱心』こそが、我が国初の私立蘭学院と称すべき**佐倉**

順天堂、そう、のちの名門・順天堂大学を誕生させていくのだった。清良なる街、佐倉城下こそが『順天堂の地』なのだ。

かつて銀次郎の拵屋稼業を手伝っていた仙が、その清良なる街佐倉に嫁いで、幸せに過ごしているという。

眠りに溶け込んでいる筈の銀次郎がポツリと漏らした「仙……」は、もしや仙の幸せを心から喜んでのものではなかったか……。

九

銀次郎には昏昏と眠り続けている、という意識があった。不思議な、妙な意識であった。眠り続けている自分を、中空に浮かぶもう一人の自分が、熟っと眺めているかのような意識だった。気分は時折だが、悪くなったり良くなったりを繰り返したりした。重い物が胸の上に乗ってきたような、息苦しさを感じることもあった。

けれども大体において、気持よく眠れているという意識の方が強かった。

と、何処か遠くの方から雀の囀りが聞こえてきた。

その囀りが次第に近付いてくる。三羽かな、四羽かな、と感じられる程度の心地良い囀りだった。

あ、目が覚める、と彼は思った。そしてその通り、彼は目を見開いた。

目の前一尺と隔たっておらぬところに黒兵のやさしい微笑みがあった。

「お目が覚められましたね。ご気分はいかがですか。お顔の不精髭はお眠りの間に綺麗にさせて戴きました」

「すまぬな。気分は大変よい。すぐにでも走り回れるような気分だ」

「私が誰であるか、はっきりとお判りでございますね。言葉も随分となめらかに喋れるようになっていらっしゃいます」

「お前が誰であるのか頭は忘れていても、この掌が忘れておらぬわ。夢のように豊かでなめらかな柔かさをな」

「え?……」

「その証拠に……ほれ」

布団の中から出た銀次郎の手が伸びて、黒兵の豊かな胸元に触れようとした。

黒兵は両の手で銀次郎の〝悪戯掌〟を包むと、まるで母親のように目を細めて布団の中へ押し戻した。いけませぬ、という何処か妖し気な目の色だ。

「確認でございますけれど、品川宿で親切な町人の御世話になった記憶は確りとお有りでございましょうね」

「ある」

「品川宿を出た直後に再び高い発熱があり、この家に着いてから三日の間、何の反応もなく眠り続けていらっしゃいました」

「なに、三日も……」

「はい。さすがに心配いたしました。黒鍬は、毒の対応には馴れているとは申せ……」

「毒な……至近距離から肩へ矢（鏃）を射込まれたことは鮮明に覚えておる……あ、いや、鮮明に思い出したと言い改めるべきかな」

「黒書院様と行動を共にした筈の黒鍬衆がどうなったか、お判りではございませぬか」

「ん？……ということは黒鍬の者は誰一人として、まだ江戸へは戻っておらぬのか」

「はい、誰も。情報も途絶えてございます」

「惨たらしいばかりの凄まじい激戦だった。日本というこの国を徳川幕府が支配している現実が信じられなくなる程の戦闘だった。私は馬柵を突き破って逃げてきた茶毛の馬の背に、痺れの始まった体を辛うじて乗せ戦場を離れたのだが……

そうか、黒鍬の者は一人も江戸へ戻っておらぬのか」

「おそらく全滅したのでございましょう」

「黒兵……」

「はい」

「私の体を少し起こしてくれぬか」

「いかがなされます」

「いいから起こしてくれ。そしてお前はこの私と向き合うてくれ」

「?……」

黒兵は一瞬、訝し気な表情を見せたが、言われた通り銀次郎の背を支えるようにして上体を起こすと、前に回って向き合った。

すると銀次郎は厳しい表情でゆっくりと正座をすると、敷布団に両手をついた。

「黒兵。すまぬ。本当に申し訳ない。己れ一人が茶毛の馬に乗って逃げ戻り、敵を相手に共に闘った黒鍬の者皆を、死なせてしもうたやも知れぬ」

「何を仰います。黒書院様ともあろう御方は、すまぬ申し訳ない、などと言うお言葉にはお気を付けなければなりませぬ。私は黒書院様がお一人で逃げ戻ったなど、露些も思うてはおりませぬ」

「なれど黒兵……」

「黒書院様は毒鏃を射込まれ命を危うくなさる程の闘いをしてこられたのです。この私にはその闘いが如何に過酷なものであったか容易に想像できます」

「過酷な闘いであったのは、黒鍬の者も同じぞ」

「黒鍬と申す者は常に〝死の闘い〟を覚悟してございます。此度は黒書院様をお護りするという事が、〝死の闘い〟以上の目的でございました。私の部下たちは真によく闘い、そして黒書院様をお護りするという御役目を果たせたと申せましょう」

「黒兵……そう言うてくれるか」

「はい、心の底から……」

「お前という闘士との絆が日と共に深まっていくこと、強まっていくことを私は誇りに思い、嬉しくも感じる。よくぞこの私の前に現われてくれたものだ。有り難うと言わせて貰うぞ黒兵」

「その御言葉を頂戴して私の方こそ幸せでございます」

「ところで黒兵や……」

「あ、お体を横たえなされませ。今少し、用心して戴かねば」

「判った……」

と、室内を見回しながら、体をそろりと横たえた銀次郎だった。

「この座敷には見覚えがないが……此処は何処なのだ」

「千駄木の畑地に設けられている黒鍬の修練屋敷でございます。我らが影屋敷と称しているこの住居は、塀囲いは致しておりませぬ。障子を開けますゆえ、外を御覧なされませ」

「うむ……」

黒兵は腰を上げると、障子に近付いていった。

閉じられた障子の向こうから釣瓶落としの音が伝わってきた。

井戸か？……と、銀次郎の眉が僅かに動く。

黒兵が障子を静かに開け放った。

「おお……」

と、銀次郎が思わず小声を漏らした。

実り豊かな青青とした畑が、広縁の向こうに広がっていて、継ぎ接ぎだらけの野良着を着た二十数人の農夫たちが、畦の其処彼処で鍬を振るっている。目を引くのは誰の鍬の柄も黒く塗られていることだった。

「彼らはお前の配下だな」

銀次郎は百姓たちを眺めながら黒兵に問い、黒兵が「はい、稲妻手裏剣と申す凄業に長じた男黒鍬たちでございます」と応じた。

「畑のずっと向こうに赤い鳥居が見えているな」

「幕府の保護厚い安産神社でございます。神社の左手に長く白い土塀が見えておりましょう。伊勢桑名藩十一万石松平定重様の下屋敷でございまする」

「おお、松平定重様の下屋敷のう」

銀次郎は幕翁（大津河安芸守忠助）討伐の際に近江湖東で出合うた桑名藩主松平定重の顔を懐しく思い出した。

「次に江戸で出合うたら是非盃を交わそう、と近江湖東で出合うた時に定重様と約束し合うたのだが……」

「松平定重様は既に江戸にはいらっしゃいませぬ。**絵島**様事件に端を開いた**大奥**の**大粛清**が一段落するのを見届けなされたあと、静かに江戸を発たれ越後高田藩へ新しい当主として向かわれました」

「そうか。矢張り越後高田藩へな……」

「あの白い土塀の下屋敷は恐らく、そのうち誰様かの御屋敷となりましょう」

「うむ……で、上屋敷の方は？」

「松平定重様の手を離れまするのか、それとも越後高田藩の江戸屋敷として残りまするのか、黒鍬はまだ把握できておりませぬ。お調べ致した方が宜しゅうございましょうか」

「いや、いい……」

言葉短かく応じた銀次郎の表情が、ふっと沈んで、黒兵も目を伏せた。

実は松平定重に対しては、今より溯ること宝永七年（一七一〇）に官位越中守として越後高田藩への移封人事（国替人事）が発せられていた。

この移封人事の原因は、現在もって深い謎につつまれており、上級幕僚と雖も触れたがらず距離を置いている。

ただ、考えられる事、あるいは推測される事、は三点あると上級幕僚たちの誰もが口には出さずとも思っていた。

ここで松平定重にかかわる血筋について、系図にしておく必要があろうか。判り易くするため枝葉を省略した系図を著者の判断で次のようにあらわしておきたい。

次頁の系図を見れば判るように、徳川家康と久松・松平家は極めて濃いつながりがあって、**松平定重**の背後には徳川将軍家の存在が見え隠れしていると判る。

繰り返すが、この松平定重に対して今より溯ること宝永七年（一七一〇）に、越後高田藩への移封人事が発せられていた。

何故か？

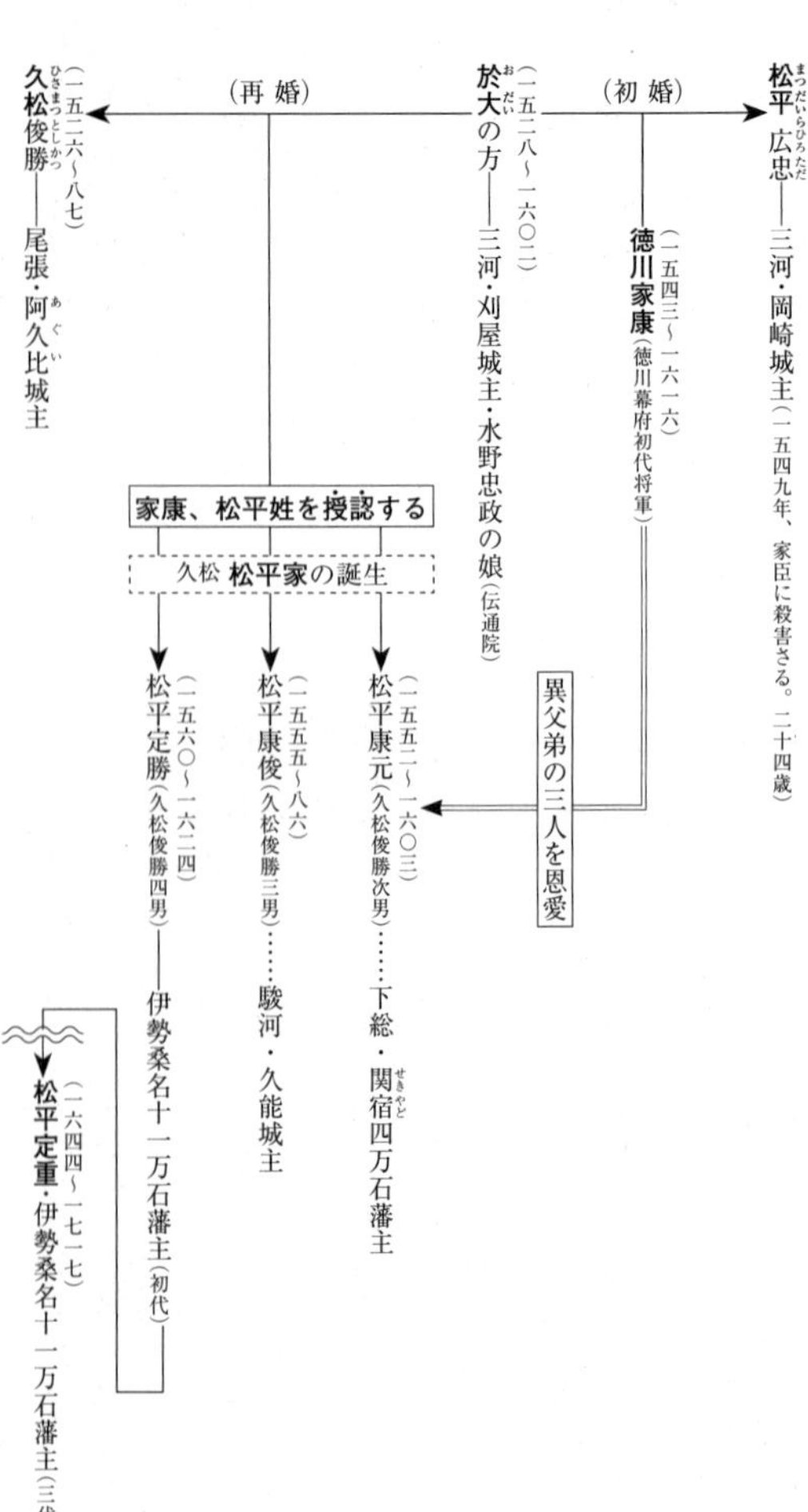

松平広忠（一五二六〜四九）――三河・岡崎城主（一五四九年、家臣に殺害さる。二十四歳）
（初婚）
於大の方（一五二八〜一六〇二）――三河・刈屋城主・水野忠政の娘（伝通院）
（再婚）
久松俊勝（一五二六〜八七）――尾張・阿久比城主
徳川家康（一五四三〜一六一六）（徳川幕府初代将軍）
異父弟の三人を恩愛
家康、松平姓を授認する
久松 松平家の誕生
松平康元（一五五二〜一六〇三）（久松俊勝次男）……下総・関宿四万石藩主
松平康俊（一五五五〜八六）（久松俊勝三男）……駿河・久能城主
松平定勝（一五六〇〜一六二四）（久松俊勝四男）――伊勢桑名十一万石藩主（初代）
松平定重（一六四四〜一七一七）・伊勢桑名十一万石藩主（三代）

考えられる点が三つあった。

一つは、元禄十四年（一七〇一）の大火災。城、武家屋敷、寺社・町家などが焼けて桑名の城下はいささか大袈裟に表現すれば、灰塵と化した。その防火上の失政を問われたこと。

二つめは、**郡代**野村増右衛門吉正（実在）の不正によって、その一族および藩役人合わせて五百七十余人が**連座**する大事件が生じ、その責任を問われたこと。

三つめは、松平定重自身が何らかの騒ぎを起こし、譴責処分を受けたのではないか、ということ。

が、いずれも、深い闇の中だった。

とくに**郡代**野村増右衛門吉正がかかわった大連座事件は、一片の公文書も残ってはいない。

郡代とは、江戸幕府の職制にあっては、関東郡代、西国筋郡代、飛驒郡代、美濃郡代の四郡代を指し、**勘定奉行指揮下**で任務に就いていた。主要な任務は監理地域の治安維持および年貢の徴収である。

各藩にも郡代は存在し、活動領域は藩内に限られているため狭小ではあるが、その御役目は**幕府郡代**に準じたものと判断して誤りはない。

さて、松平定重の越後高田藩への移封人事は何故、発令して直ぐに実施されなかったのか。

『藩』の機能と言うのは大きく分けて『**江戸機能**』と『**国許**(くにもと)**機能**（本国機能）』の二つに大きく分かれることから、次の会話から色色と推量(すいりょう)されよう。

「黒書院様、何かお考え事ですか？」

黒兵が銀次郎に顔を寄せて、目をやさしく細めた。

「いや、松平定重様には、江戸をお発ちの前にお目に掛かりたかった、と思うてな」

「随分とゆっくりな移封人事の、実施でございました」

「発令があったのは確か、宝永七年（一七一〇）であったな」

「左様でございます」

「上様のおそば近くで仕事をするようになってから、幕府の現状をより正確に把握する目的で、新井白石様の勧めにより**老中若年寄会議備忘録**を貪(むさぼ)るように読ませて貰ったが、宝永七年の頃には既(すで)に**幕翁**の権力がきな臭さを増し、御金蔵の**番**(ばん)

打ち小判の帳尻が乱れ、大奥風紀の緩みに制裁を加えることなどが密かに協議され 始めていた」

「はい。それに関しては黒鍬の耳へも、ある程度のことは届いてございます」

「**幕翁**に対する万が一の事態を考えれば、徳川幕府にとって身内とも称すべき**親藩**・**譜代**の藩に対して懲罰人事の発令は決して得策にはならない。大切な味方の軍勢を幕府から遠ざけてしまう事になりかねぬからな」

「仰せの通りかと存じます」

「よって松平定重様の人事の実施は著しく遅れた訳だが、その御蔭で松平定重様は近江・湖東城にて幕翁勢力を見事に討ち果たし、幕府内での評価も著しく高まって高田へ移封という懲罰人事が懲罰人事でなくなったという事になる」

「はい。上様より大層な御褒美まで出たそうにございます。おおっぴらに、ではなかったらしゅう存じますけれど」

「そうか。それは知らなんだな。うん……それでよい。幼君もそれなりに大人になられたのう」

「そろそろ障子をお閉め致しましょう。少しお安みなされませ」

「わかった……」

若く美しい妖艶な母親に諭されたかのように、銀次郎は外を眺めるために横たえていた体を、素直に仰向けにして目を閉じた。

黒兵の目が、畑で鍬を振るっていた配下の男黒鍬たちの間に緊張が走ったのを認めたのは、この時だった。

黒兵は険しい表情で、しかし静かな動きで広縁に出た。

薄目を開けた銀次郎の視線が、黒兵の背中を追ってゆく。

広縁に出た黒兵に、配下の男黒鍬の内の一人が滑るが如く素早く近寄った。

その男黒鍬の唇が、声を全く出すことなく微かに動いた。

(頭領様。泉橋を渡って供侍を従えた四挺の四手駕籠(辻駕籠・町駕籠とも)が此方へ向かって参ります)

泉橋とは黒鍬屋敷の裏手方向に流れている清流泉川に架かる木橋で、広縁に立つ黒兵の視界には入らない。ただ、畑に出れば左手斜め方向に眺めることが出来る。

(町人用の駕籠に供侍がついているのか)

(はい。駕籠は前後タテに並び、先導する者六名、後方に従う者六名、駕籠の両側に付く者十名ずつ。総員合わせて三十二名でございます)

(四挺の町駕籠に三十二名もの供侍が張り付くとは面妖な……)

(確かに……)

(直(ただ)ちに突発事態に備えよ)

(畏(かしこ)まりました)

　黒兵は座敷に下がって障子を閉め、銀次郎の枕元に姿勢正しく座った。突発事態に備えよ、と読唇(どくしん)の話法(わほう)で男黒鍬に対し命じた割には、何のたじろぎも無い穏やかな表情だった。

　銀次郎が黒兵の切れ長な二重(ふたえ)の目を見つめて訊ねた。

「どうした?……配下の者と読唇(どくしん)の話法(わほう)で話していたであろう」

「お判りでございましたか」

「毒矢を射られたことぐらいで、我が頭は惚(ほ)けぬわ」

「四挺の四手駕籠(よつでかご)が此方(こちら)へ向かって参ります」

「四挺の四手駕籠(よつでかご)が?」

「はい。三十二名の供侍を従えまして……」

「なにっ……」

銀次郎は呼吸(いき)を止めた。が、黒兵の言葉に驚いた様子ではなかった。

思考を一瞬の内に、あれか？　若(も)しやこれか？　に集中させている険しい目つきだった。

そして、それに要した時間は、極めて短かった。

「黒兵……」

「はい」

「着替えはあるか？」

「いつでも登城できるように調(ととの)えてございます」

「さすが、お前だな。手伝(てつど)うてくれ」

「承知いたしました。花房(はなふさ)、夕咲(ゆうさき)……」

黒兵が隣室との間を仕切っている板襖(いたぶすま)の向こうへ声を掛けると、すかさず女の声で返事があった。

「黒書院様のお着物を……」

「ご用意出来てございます」

「お着替えなさる。入りなさい」

「失礼いたします」

板襖が音立てることもなく開いて、長めの懐剣——鍔付きの——を帯びた二人の腰元風が隣の板間から、籐で編まれた唐櫃と共に座敷に入ってきた。

黒兵が労るように銀次郎の背中を支えて上体を起こすと、二人の腰元風は畳に両手をついて頭を下げてから隣室へ下がり板襖を閉めた。

敷布団の上に正座したまま動かぬ銀次郎の着ているものを、黒兵が手際よく脱がせてゆき、たちまち上体が裸となった。

無数の創痕が走る痛ましい肉体は強靭な筋肉に覆われているとはいえ、さすがにげっそりと窶れていた。

その痛ましい傷痕だらけの体を見ても表情ひとつ変えず、てきぱきと着替えを進めていた黒兵であったが、背中へ回って着皺を調え伸ばす彼女の唇が微かに震え、大粒の涙がぽつりとこぼれた。

「黒兵……」

「は、はい」

「泣くな……」

「申し訳ございませぬ」

剣客銀次郎の背中は、黒兵の心の乱れを物の見事に捉えていた。

「立たせてくれるか」

銀次郎に促されて黒兵は「はい……」と、彼の右腕を潜るかたちで肩へと回した。

「脚の血の道（血管）に流れた毒は、止まって消え難いと言われてございます。足首を挫いてはなりませぬゆえ、そっとお立ちなされませ」

「うむ。障子の間際に正座させてくれ。座布団は要らぬ」

「はい」

黒兵は銀次郎の体を、しなやかな自分の体全体で支えるようにして、六枚障子の中央あたりまで寄っていった。

「うん、此処でよい」

「そろりと腰をお下げなされませ。そろりと……」

「有り難うよ」

銀次郎は閉じられている障子の中央間際で、黒兵に支えられるようにして正座をし、背すじを真っ直ぐに伸ばすと彼女に告げた。

「寝床を片付け、床の間を背にする位置に座布団を敷いたならば、其方は私の後ろに控えておれ」

「いいえ。黒鍬は〝表〟に出てはならぬ立場でございます。隣の板間で控えておりますゆえ」

「其方は絹すだれで面を隠していたとは申せ、大奥にて月光院様の身辺警護に就いていたのだ。今は私の申したようにしなさい」

「はい。それでは……」

「其方が傍に居てくれるだけで、私の精神は安らぐのだ」

銀次郎のその言葉に対し、黒兵は一言も発せず三つ指をついて頭を深く下げると、隣の板間に控えていた配下の花房と夕咲を再び呼び、寝床を板間へ移させ、床の間を背にした位置への座布団は黒兵が自らの手で調えた。

板間との間を仕切る板襖が閉じられ、座敷に静けさが戻った。

と、表口の方で〝静かなざわめき〟が生じ、それがたちまち幾人かの足音に変わって、広縁を座敷の方へ伝わってきた。

姿勢正しく正座をしていた銀次郎が神妙に平伏し、黒兵もそれを見習った。

一体何事が生じたというのか？

十

閉じられていた六枚の大障子の片側三枚に幼児のものと判る人影が映った。

続いて大人の人影が次次と映り、それを視野の端で捉えた銀次郎と黒兵の平伏がいよいよ深くなった。

「開けるぞ。よいな」

勢いのある幼い声があって、しかし障子は静かに開けられた。

幼い人影が、いや、幼い人が先ず座敷に入ってくるや、障子際に平伏している銀次郎と黒兵に直ぐに気付いた。

「銀次郎、見舞に参ったぞ。面を上げい」

幼君——第七代征夷大将軍にして正二位権大納言徳川家継であった。腰に帯びているのは白柄黒鞘の脇差のみだ。

銀次郎はゆっくりと面を上げた。黒兵の平伏はそのまま続いた。

銀次郎の前に、幼君は腰を下ろすや胡坐を組んだ。

間を置かずに座敷に入ってきた忠臣たち、老中**秋元但馬守喬知**（天英院派）、幕府最高執政官**新井筑後守白石**（月光院派）の二人が幼君の背後に威儀を正して控えた。無言にして無表情に。

広縁には警護の侍たちであろう、庭の方を向き腰を下げて居並んだ。

彼らの着ている物の背には、柳生笹の家紋が白く小さく染め抜かれていた。

柳生衆だ。それも高度な戦闘訓練を経てその優秀さを認められた柳生衆だけが、着ることを許されている。

「痩せたのう銀次郎。それに顔中、御役目傷だらけではないか。痛そうじゃ」

家継はやや甲高く黄色い声で言いつつ、膝を滑らせて銀次郎との間を詰めた。

「私ごとき者のために、わざわざ御越し下さいまして真に申し訳ありませぬ」

銀次郎は幼君の目を厳しい眼差しで見つめ、だが優しい口調で返した。

「毒矢を射られたと聞いておる。して、具合はどうなのじゃ」

「ご覧の通り、順調に元気を取り戻してございまする」

「が、余りにも頬が落ち込んでおるぞ。滋養のあるものを確りと食さねばならぬ」

「恐れ多い御言葉でございまするが、征夷大将軍にして正二位大納言たる御立場の上様は、私ごとき一幕僚のことを、そこまで心配なさることはありませぬ」

「馬鹿を申せ。一幕僚の労苦の積み重ねというものが、幾人も幾十人も集合して成ったその上に、余の（私の）将軍としての立場というものが存在しておるのじゃ。そうであろう」

銀次郎の胸の中に熱いものが走った。ほんの暫く会えなかっただけで幼い力というものは、ここまで言えるようになるのか、と感動を覚えさえしたが顔には出さなかった。

幼君の小さな手が、銀次郎の膝頭に触れた。

「銀次郎、今日は余と（私と）一緒に城へ戻ろう。其方の駕籠を用意してきておるのだ。安全を考え目立たぬよう町駕籠をな」

「上様のお情け、身に染み入りまする。けれども私と行動を共にした黒鍬衆は未だ一人たりとも江戸へ戻って来てはおりませぬ。今少し、この場にて傷の治療を兼ね止まりたく存じまする」

銀次郎は言い終えて、軽く頭を下げた。

「うむ……」

幼君は口許をグッと引き締めると、後ろを振り向いて老中秋元但馬守と最高執政官新井筑後守の顔を見比べた。

小さく頷いたのは、新井筑後守であった。

幼君は視線を銀次郎に戻した。

「判った。今日のところは城へ引き返そう。しかし、なるべく早く銀次郎も戻って来てくれ。其方の登城が無い江戸城など、この家継には幽霊屋敷のように薄気味悪く感じられるのじゃ」

幼君が口調を強めて言い、老中秋元但馬守の表情が小慌てを見せた。

新井筑後守は無表情だ。

銀次郎がはじめて幼君に対して、微笑んだ。

「江戸城は巨大に過ぎる贅沢な建造物であり、暗い場所が数え切れぬ程に沢山ございまする。まだ幼い上様が江戸城を薄気味悪いと感じられても少しも不思議ではありませぬ。この銀次郎とて同じ理由で、江戸城は余り好きではありませぬゆえ」

　銀次郎のその言葉に、なにっという険しい表情を見せたのは、老中秋元但馬守ではなく新井筑後守の方だった。銀次郎を鋭い眼差しで睨めつけるや、いつもは冷静な彼にしては珍しく横を向いてしまった。両膝の上でぐいっと拳を握り緊めている。余程に腹を立てているのであろうか。

が、全身これ傷だらけと言ってよい銀次郎にとって、二人の幕僚なんぞ殆ど眼中になかった。

　意外にも正二位権大納言徳川家継は、銀次郎の言葉に喜んだ。

「そうか。銀次郎も江戸城は余り好きではないのか。余もあの巨きな城から出たいと思うておるのじゃ。あれは幕府の役所としてだけ用いて、将軍としての住居は海が見える小高い丘の上に新しく建てたいのう」

「道から外れたことを当たり前のように申してはなりませぬ、上様」

「なに、道から外れたことだと?……」

「この国は決して豊かではないと思いなされ。飢饉に苦しむ人人は、跡を絶ちませぬ。満足に住む家もなく雨風吹きさらしの路傍で野犬に怯えながら一日一日を過ごす貧しい民が、この国にはどれほど多いことか」

「……」

「にもかかわらず、莫大な金を投じて壮麗な建物を建て、またその建物をいとも簡単な理由で取り壊し、かと思えばまた新しく建てる……そのような思慮の浅い特権階級がこの国に決して少なくないということを忘れてはなりませぬ」

　重い口調の、だが穏やかな銀次郎の言葉に、幕僚二人は不快気に口をへの字に結んだが、視線を己れの膝の上に落とし身じろぎ一つしなかった。

「うん、わかったぞ銀次郎。考えてみれば、あのように巨きく立派な城に住める余は、大変な贅沢に馴れ切ってしまっていると自覚せねばならぬな。これ迄はそれを〝当たり前〟と思うていたわ。恵まれておらぬ下下の民を気遣う気持が、余には足りなんだ。迂闊であったぞ」

「英邁なる上様に対し一幕臣の分際で出過ぎたことを申し上げましたる非礼、なにとぞ御容赦下さりませ。申し訳ありませぬ」

銀次郎はそう言い言い額(ひたい)が畳に触れる程に深深と平伏した。黒兵は、ずっと平伏したままだ。微動だにしない。

「面(おもて)を上げよ銀次郎。何事も率直に言うてくれる其方(そなた)を、余は実の兄とも思うているのじゃ」

幼君のこの言葉に、老中秋元の唇が思わず歪(ゆが)んだが、一瞬のことであった。

「この銀次郎も、上様を上様と仰いで尊敬申し上げ、と同時に大切な弟と思うて眺めてございます」

「うん、うん、余は銀次郎の弟でよい。だから、これから一緒に城に戻るのじゃ。な、戻ろう」

「上様は先程、今日のところは城へ引き返す、と申されましたぞ。その御言葉を翻(ひるがえ)してはなりませぬ。また、城の外には何が生じるか判らぬ危険が犇(ひし)めいていると思わねばなりませぬ。今後は軽軽しく城の外に出ないようにして下さいまするよう」

「そうだな。わかった」

銀次郎はそこで平伏を解くと、後ろを振り返った。

〝表〟に出過ぎてはならぬ立場を充分以上に心得ている黒兵は、それこそ畳と一体化する程にひれ伏していた。

「黒兵。これより上様がお戻りなされる。この黒鍬屋敷に詰める黒鍬衆で上様のお駕籠の前後左右をお護り致せ」

「畏まりました」

「行け」

「はい」

黒兵の背後の板襖が音もなく開いて、黒兵がひれ伏した姿勢のまま吸い込まれるように隣の板間へと姿を消した。板襖を開けたのは隣室に控えていた花房と夕咲なのであろう。

それを目の前で見た幼君ではあったが、さすがに驚きの表情は無かった。

黒鍬衆のことに関しては既に、よく弁えている利発な家継だった。つい最近大粛清のあった大奥において、自分の母月光院およびその周囲に昼夜にわたり、女黒鍬が張り付き警護していることを、家継は承知している。しかし、どの女黒鍬が『黒鍬という大組織』のどの地位にいるのか、あるいはどの立場にあるのか、までは知らない。

「上様、玄関までお送り致しまする」

「いや、よい。ゆっくりと安んで頰の窶れを早く取り戻すことじゃ」

「それ程に窶れておりましょうか」

「一体誰かと、見間違うてしまう程じゃ」

真顔で言った家継はそこですっくと立ち上がると、腰に帯びていた白柄黒鞘の脇差を取り、銀次郎に差し出した。

「実の弟から、実の兄への見舞じゃ。早く色色と話を交わしたいぞ」

「こ、これは……恐れ多いことでございまする」

老中秋元の目が光ったのを見逃さなかった銀次郎であったが全く気にもせず、素直に両手で上様の脇差を拝受するや、それを胸元に深く引き寄せて丁重にゆっくりと頭を下げた。

家継は黙って頷くや、無言のまま広縁に出ていった。

幼いながらも、征夷大将軍の威厳を見せた力強い身の動かし方だった。

老中秋元但馬守喬知がやや小慌てに立ち上がったが、新井筑後守白石はそれを見習うことなく銀次郎に歩み寄った。

銀次郎は立ち上がって白石と確り目を合わせてから、丁寧に腰を折った。

「上様が銀次郎に会いたい会いたいと申されてのう、今は城の外は危険とお諫めしてもなかなかお聞き入れにならぬのじゃ。いやはや、一日一日と男らしゅうなられてゆかれるわ……」

白石はそう言ってチラリと苦笑を漏らすと、座敷から出ていった。

銀次郎は『弟からの拝刀』を腰に帯び、白石の後に続いた。

玄関では既に、家継は駕籠の中に入って簾を下ろし、**柳生笹の供侍**がその駕籠の周囲を固めていた。黒鍬者の護衛らしき姿は駕籠の近辺には見当たらない。

二人の幕僚が相前後して駕籠に乗るのを見守っていた銀次郎の傍に、何処から現われたのか黒兵がすうっと寄っていった。

「黒鍬の男衆は、既に他人目につかぬよう警護態勢を敷いてございます」

「上様に集中の警護態勢だな」

「はい」

「お前も警護態勢の中に入って、直接指揮を執りなさい、その方がよい」

「いいえ、私は黒書院様のお傍に控えさせて戴きます」

「それはならぬ……」

二人が囁きを交わしたとき、駕籠舁きによって四挺の町駕籠――銀次郎のための一挺は空駕籠――が地面から離れた。

「首席目付様より黒書院様の身傍から決して離れてはならぬ、と厳命されてございます」

黒兵は、そう囁き残すと、上様の駕籠の動きに合わせて銀次郎から離れて行った。

銀次郎は、行列を目で追いつつ、ゆっくりと移動すると泉川の土堤下で歩みを止めた。そして辺りを見まわしたのだが、黒鍬男衆の姿は全く見当たらない。

銀次郎は腰の〝拝刀〟に軽く手を触れて「大丈夫かのう……」と呟いた。

行列が土堤下から土堤の上へと、坂道を見ていてジリジリする遅さで上がってゆく。

坂道を土堤の上まで上がり切った所が、泉橋の袂になる。

その位置で泉橋を渡る行列を見送った黒兵が、坂道を下りて来た。落ち着いた普通の歩き様に見えるのに、速い。

「黒鍬の男衆は完璧なまでの警護態勢を敷いてございます。ご安心下さりませ」

銀次郎が念押しで訊くよりも先に、黒兵がひっそりと言った。

「そうか……」

頷いた銀次郎の顔が、その直後にウッと歪んだ。

激しい痛みが、毒矢を浴びた肩に襲い掛かってきたのだ。

「お痛みになるのでございましょう。あと一両日は安静になさいませぬと」

「一両日とな……」

「黒鍬の秘薬を傷口に塗布してございます。いささか強い薬ゆえ、良く効く反動で時に一、二度は激しい痛みに見舞われたり致します。が、心配ございませぬ」

「わかった」

「さ、すり足で静かに戻りましょう」

そう言って銀次郎の左腕を、自分の肩へ回した黒兵だった。

「黒鍬屋敷の周囲には今、私とお前の二人だけなのか？」

「はい。総員を上様の御警護に当たらせましたゆえ……二人だけだと御不安でございましょうか」

銀次郎はそれには答えず、広大な畑地の中に建っている囲み塀無しの黒鍬屋敷を、眩しそうに眺めた。

書物を半開きで伏せたような切妻造と、入母屋造が丁字型に結び付いた、黒い色の栩葺屋根のかなり古い建物だった。農家にも町家にも見えない。そういった点に黒鍬屋敷としての不思議さがあるように窺えた。確かに相当古いのではあるが、どっしりとした重い印象で建っている美しい建物だった。

そう、初めて見る者が思わず美しいと感じる建物なのだ。何やらかやら綺羅を尽くしている訳では決してないのに感じる美しさである。

「黒鍬の影屋敷は、いい建物だな黒兵よ。鈍く黒い輝きを放っている見るからに確りとした栩葺屋根がいかにも黒鍬のものらしい」

「お気に召されましたならば、お体の疲れがすっかりとれるまで、影屋敷にお留まりなされませ」

「そうよな。お前と二人だけなら、この影屋敷で生涯を終えてもよい」

「あ、お足下の石にお気を付けなさいませぬと……」

然り気なく銀次郎に注意の言葉を向けて、聞こえなかった様子を装う黒兵だった。

「黒い栩葺の屋根の流れが真に綺麗だのう。まるでお前の豊かで艶やかな香り高い黒髪のようじゃ」

「お足下の小石に……」

黒兵がまた聞こえぬ振りを装って注意を促した。

栩葺の〝栩〟とは、屋根を葺くための小板を指し、一枚の大きさは一般的に言って厚さが三分〜一寸くらい、幅およそ三寸から五寸、長さ二尺程度といったところであろうか。神社建築で用いられることが多いようだから、参詣の際に社殿の屋根に注意を払えば栩葺を見られるかも知れない。ちなみに神社建築では、**屋根を寄棟造にはしない**、**床を高く張る**、**土壁や瓦を用いない**、の**三原則**があるというから、その原則に沿って寺院と比較参詣すれば面白い発見があるような気がする。

寺院建築には入母屋造や寄棟造が多いのだが、神社には原則として切妻造が施工されることを著者が学び知ったのは、つい最近のことである。

銀次郎は座敷に戻ると〝拝刀〟を黒兵の手に預け、いつの間にか敷き改められている寝床に、倒れ込むように横になった。

〝毒矢の肩〟の疼きが、心の臓に突き刺さるようで、息苦しくさえあった。

黒兵が銀次郎の額に掌を当て、次いで顔をそっと近付けると自分の額を銀次郎の額に触れた。

「熱はありませぬ。急にお体を動かされたこと、鍛えられた全身の五感、臓器が休みから目覚めて動き出し、それを抑え込もうとする毒と衝突したのでございましょう。これまでに私も幾度か経験してございます」

「お前ほどの手練が、毒にやられたことがあるのか」

「黒鍬はそういった事を経験してこそ一人前、と言われておりまする」

「お前にそう言われると、少し楽になった……」

「今この影屋敷は、黒書院様と私の二人だけ……何もかも忘れてお安みなされませ。私は此処を離れませぬゆえ」

「うむ……有り難う」

銀次郎はそう言うと、目を閉じて眠りに入ろうとする様子を見せつつ、黒兵の豊かな胸元へまるで忍ばせるようにして、そっと手を伸ばした。

その銀次郎の手を、黒兵の両手が包んで軽く押し戻した。

銀次郎は抵抗しなかった。

肩の疼きは消えていないというのに、妙な睡魔(すいま)が押し寄せて来て、銀次郎は意識が暗い穴の底に向かって落ち込んでいくのを覚えた。

銀次郎はその睡魔に抗(あらが)った。

もう暫く、黒兵と目を合わせていたかった。

(俺は、この美しく妖しい手練に、一体何を求めようとしているのか……)

彼は目を閉じたまま、胸の内で苦笑した。自分でも、黒兵に対する感情の〝かたち〟がよく判らぬのであった。

「何かをお考えでいらっしゃいましょうか?」

耳のそばで黒兵に囁かれて、銀次郎は薄目を開けた。

「いや……何も……」

「痛みは如何(いかが)ですか」

「かなり楽になった。これから暫くは一、二度、あの強烈な痛みに見舞われるのか？」

「おそらくは……でも私が、此処に控えてございますから」

「うむ……近江・湖東から黒鍬の者がたとえ一人でも戻って来てほしいのう」

「もう、お忘れなされませ」

「そう言う訳にもいかぬ。それとな、高熱で苦しんでいた俺を江戸に、いや、品川の宿にまで運んでくれた茶毛の馬のことが気になる……あれも疲れ果てておった」

「大丈夫でございます。品川宿の伯楽に大切にされていたのを、黒鍬が引き取ってございます」

「なに……そうか……引き取ってくれたか。矢張りお前だなあ」

「すっかり元気になってございます。もう心配ありませぬ」

「よかった。安心した……」

「馬は利口でございます。長い旅路、苦労を共にした人間のことは決して忘れませぬ」

「あの隆隆たる体軀の黒毛の黒兵がそうであったな……」

「黒兵は雄馬ですけれど、茶毛の方は雌馬でございます」

「お、雌であったか。それは気付かなんだわ」

「気性荒荒しい黒兵に比べて、茶毛は優しい気性の馬でございます。会ってやればば茶毛もきっと喜びましょう」

「おい……まさか……」

「はい。この影屋敷の厩で、元気を取り戻した馬体を休めてございます」

「広縁の先へ連れて参れ。大恩ある馬じゃ。礼を言ってやりたい」

「では呼びましょう」

黒兵はにっこりと微笑んで立ち上がると、座敷から広縁に出た。

そして形よい唇をほんの少し引き絞ると、鋭い口笛を二度続けて吹き鳴らした。

すると……。

軽い嘶きがあって、はっきりとした蹄の音が伝わってきた。

「うむ……」

銀次郎はまだ痛み消えぬ体を寝返りを打たせ、両腕を寝床に突っ張るようにして口を歪めながら上体を起こした。

「あ、そのような無理をなされては……」

「構うな。元気になった姿を馬に見せてやらねば……」

こちらへ戻って来ようとした黒兵の動きを、銀次郎はそう言って抑えた。

自力で彼は立ち上がり、広縁に出た。

影屋敷の裏手に当たる左手の方角から、眩しい光の下、茶毛が艶やかな馬が現われた。なるほど雌馬だけあって黒兵よりは幾分、体軀が小さい。

茶毛は広縁に銀次郎の姿を認めると、歩みを早めて近寄ってきた。首を小さく振り明らかに喜びの感情を表にあらわしている。

銀次郎は両手で茶毛の頬を幾度も幾度も撫でてやった。

「お前の御蔭じゃ……お前の頑張りの御蔭じゃ……お前の頑張りがなければ俺は……江戸へ戻れなかった」

言い終えて銀次郎は、茶毛の眉間に己れの額を強く押し当てた。

銀次郎ほどの激情の男の目に、大粒の涙が湧き上がっていた。

今の自分の肉体の状況からみて、茶毛の頑張りがなければ間違いなく路傍の草となって枯れ果てていた、と痛感しているのであろう。

「茶毛に、名を付けてあげなされませ」

広縁に正座をして身じろぎもせず銀次郎と茶毛の様子を微笑みながら眺めていた黒兵が、控えめな口調で言った。

「ん?……名前をな」

銀次郎の額が漸く茶毛の眉間から離れた。

「黒書院様の御許しを戴ければ、この茶毛は黒鍬で預らせて戴き、大切に飼育して参ります。まだ年若い馬ゆえ、飼育次第で今少し体軀も大きくなりましょう」

「ふむう……名前のう」

銀次郎は茶毛と目を合わせると、眉間から鼻先にかけて走っている一本の美しい白線を指先で撫でてやった。ふわふわとした白いやわらかな毛並の線だ。

「**白兵**でどうだ……黒兵に対しての**白兵**……いいと思うが」

「**白兵**……でございますか。雌馬でございますけれど、お宜しいのでしょうか」

「なあに。雄雌関係ないわさ。よし、ひとつ茶毛に訊いてみよう。おい、お前に名を付けたいのじゃ。**白兵**は気に入らぬか、どうじゃ」

茶毛がどれほど賢い馬であったとしても、さすがにこの問い掛けは理解できる筈もない。黒兵もにこにこと目を細め、やさしい呆れ顔で銀次郎を見つめている。

ところがだ。

茶毛が短く嘶いて首をタテに二度振ったではないか。確かに振ったのだ。

むろん、なぜ振ったのかは、茶毛にしか判らない。

が、銀次郎は「ほれ……」という顔つきになって茶毛を指差し、黒兵と目を合わせた。

「気に入った、と首をタテに振ってくれたぞ。人の言葉が判る賢い馬じゃ」

「ふふっ……」

妖しく形よい黒兵の唇の間から、含み笑いがこぼれた。その瞬間、何とも名状し難い香気が彼女の身のまわりに漂った。思わず銀次郎の身の内に熱いものが走る。

「では白兵と致しましょう。黒鍬で大切に育てるように致します」

「そうしてくれ。さ、白兵や。厩に戻ってのんびりと休め」

銀次郎がそう言って白兵の右の頬を軽く、左の方へ押すと、それの意味するところを理解したのかどうか白兵はやって来た広縁に沿った庭道を、自分の蹄の跡を確かめるようにして戻って行った。

「さ、黒書院様。もうお安みなされませ。夕方には縫い合わさっている部分をほんの少し開いて、黒鍬の軟膏を詰めますするゆえ」

「今宵、お前はこの影屋敷で泊まってくれるのだな」

「ご支配様（和泉長門守）の別命ある迄は、黒書院様のお傍に控えておりまする」

「その黒書院様、は止してくれぬか。銀次郎、いや、銀でよい」

「なれど、それでは余りに……」

と、黒兵は苦笑した。

「俺が、いや、私本人がそうしてくれと言うておるのだ。これは頼みではなく命令と思うてくれ」

「承知いたしました」

黒兵が目を伏せるようにして小さく頷いた。

銀次郎は、黒兵ほどの女性に対して、頼みではなく命令、というような言葉を用いてしまったことを、直ぐさま後悔した。

「ま、どちらでもよい。が、お前には、銀次郎とか銀、と呼んで貰いたい気がする」

「はい。心得ておきまする」

黒兵は口許に笑みを浮かべると、銀次郎の体に薄く軽い掛け布団を掛けてやった。

「上様のお駕籠は大丈夫かのう」

「柳生衆と男黒鍬が守ってございます。合わせて六十名を超えまする。とうてい誰にも手は出せませぬ。たとえ二百名勢力の刺客が襲い掛かろうとも」

「そうだな。うん……眠(ねむ)うなってきた」

「もう一度、お熱を確かめましょう」

黒兵はそう言うと銀次郎にすうっと顔を近付け、自分の額を銀次郎の額に触れた。

銀次郎は息を止めた。

体が母親に叱られる幼子のように硬直していた。

けれども恐らく、無意識にではあるまいか。彼の掌(てのひら)が、おずおずと遠慮がちに黒兵の豊か過ぎる胸に触れていた。

むろん、着物の上から……。

黒兵の額が、何事もなかったかのように静かに離れた。

十一

泉橋を渡った幼君家継の行列は、小さな寺院が建ち並ぶ小寺町を抜けると、町家と農家が混在する畑町通りへと入っていった。洟垂れ小僧たちが、黄色い声で喚きながら走り回っている。

徳川征夷大将軍の駕籠が、これほど小人数の警護で城の外に出るのは異例のことと言わねばならなかった。いかに警護の柳生衆が秀れた手練であったとしてもである。おそらく幼君家継の「目立たぬように動きたい……」という主張が、余程に強かったのであろう。

行列が大きな矩形(長方形)の池の畔に出た。

この界隈の農地が、雨不足による干魃に見舞われた時に備えた、貯水池だった。

幕府が造営した貯水池であり、勘定吟味役の監理下にあった。

行列は貯水池に沿うかたちで真っ直ぐに延びている道を、粛粛と進んだ。

通りの左手には、飯屋、居酒屋、茶屋など飲食の店が目立った。

日が沈む頃になるとこの貯水池通りでは、赤提灯が池を渡ってきた小風で、おいでおいでと誘うように揺れ出したりする。

通りを忙しそうに往き来する商人や職人など町の人人は、いかめしい様子の柳生衆たちに護られた三挺の要人駕籠と一挺の空駕籠に、お？　と一瞬注目はしたが、駕籠が辻駕籠、町駕籠などと呼ばれている四手駕籠のため殆ど関心を抱かずに行き過ぎた。

矩形の貯水池の向こう端は、綺麗に剪定された松林に囲まれた、将軍家の真新しい馬術教練場に接していた。

行列が進む通りは、その松林の手前で左へ折れ、そこからは江戸城の濠の石垣がそう遠くない先に認められる。

つまり行列は次第に江戸城に近付きつつあるのであって、凄腕揃いの柳生衆たちの間にも微かにホッとした気分が、生じないでもなかった。

行列が馬場の松林に達して、ゆっくりと右に曲がった。此処から先の右手は長く続く馬場の松林だが、左手は**御達寮**がまるで武家屋敷の如く建ち並んでいる。

御達寮とは、将軍家御用達、大奥御用達、江戸城御用達、諸大名家御用達、旗本大身家御用達、などを担う『大店の寮』のことだった。別荘を意味する寮ではない。この**御達寮**に、特権階級へ遅滞なく納入される品品が早目早目に、備えられるのである。

御達寮の持主である大商人は、きらびやかな呉服・身飾り品、高価で新鮮な海産物や農産品、巨額の政治資金、そして時には銃・砲・刀・槍などの武器をも扱ったりする。つまり御用達とは**御用商人**を指すのだが、決して現代社会で言うところのフィクサーを指すものではない。

行列は馬場と御達寮が建ち並ぶ閑静な通りを、江戸城の濠に向かうかたちでゆっくりと進んだ。柳生衆の顔は、誰も厳しい。

御達寮は日頃、寮番の者しか居住しておらず用心のためもあって表門は堅く閉ざされている。したがって**御達寮**の内側からは、物音ひとつ漏れ伝わってこない。

野良犬が一匹、向こうからやって来て、道の端に寄って行列を見守った。神妙だ。

この時だった。

行列の直後で、カアッと烏の鋭い鳴き声が生じた。

緊張を背負って駕籠を守っていた柳生衆の手が刀に触れ、一斉に後ろを振り返った。

烏ではなかった。裸に近い見窄しい身形の四十男が、空を指差してニヤニヤしながら再びカアッカアッと鋭く二度鳴いた。ひと目で当たり前の様子ではないと判る。

柳生衆の二人が足早に、その烏男に近寄って行った。

いや、正確には、近寄って行こうとした、であった。

その僅かな間隙を狙うかのようにして前方の松林から現われた二十余名かと量れる白衣の集団が、刀槍を手に雪崩を打って駕籠に襲い掛かった。全員が白覆面で顔を隠している。露になっているのは目だけだ。

「あっ」

「うむっ」

不覚にも背後を突かれた先導役の柳生衆二人が、顔を歪めもんどり打って横転。

目を血走らせた槍を手の五人が、前から二つめの駕籠へ雀蜂の如く唸りながら突っ込んだ。まぎれもなく羽音だ。

前から二つめの駕籠は、幼君家継が乗る駕籠である。

「貴様らあっ」

漸く柳生衆の怒声と反撃が始まった。五人槍のうち二人が斬られて絡まり合いながら崩れる。

しかし、残った三人槍がそれこそ決死の勢いで幼君駕籠に槍を繰り出すや二度、三度と目にも止まらぬ速さで突きを反復させた。ブスブスッという悲愴なる鈍い音。

「おのれえっ」

烈火の柳生衆たちが三人槍を包囲して、槍を手にしたままの手や腕が次次に宙に跳ね上がった。

幼君駕籠に背中を張り付けるかたちで防禦の態勢を取った柳生衆たちの顔は、

どれも真っ青であった。当然であろう。幼君駕籠が三人の槍先で幾度も串刺しにされたのだ。切腹、と言った生易しい責任で、済まされるものではない。

けれども、このとき彼ら柳生衆たちの目前で、荒れ狂った雀蜂の如く襲い掛かってきた白衣の集団が悲鳴をあげる間もなく、バタバタと地に沈み出した。

柳生衆たちは見た。

日の光を浴びた破裂的に鋭い輝きが、銀色の尾を引いて矢継ぎ早に白い集団へ襲い掛かるのを。

男黒鍬たちが放った十字手裏剣であった。が、その姿は見えない。

柳生衆たちの反撃が、勢い付いた。

「駕籠は走れえ、走れえっ……」

誰かが叫んだ。

キン、ジャリンという鋼対鋼の激突音の中を、動転していた駕籠舁きたちが目覚めたかの如く走り出した。縦列となって懸命に走り出した。その一番最後の駕籠――誰も乗っていない――に追い迫った白覆面の一人が、駕籠舁きの背に凶刀を振り下ろさんとした。

その白覆面の額に、銀色の尾を引いて飛来した二発の十字手裏剣が、鈍い音を立てて食い込んだ。

白地の覆面に、瞬時に鮮血が海星状に広がり、其奴は下顎で天を指しながら仰向けに地面に叩きつけられた。

凄まじい黒鍬の十字手裏剣の威力。

四挺の駕籠は、通りの真正面に見える江戸城を目指し、韋駄天走りに走った。

何処から現われたのか。黒装束の者たちが次次と四挺の駕籠に張り付いた。

女頭領黒兵が、**黒鍬旗本衆**と称して止まない、黒兵直属の手練集団であった。

十二

幼君駕籠襲わる、の報は黒鍬の伝令によって行列が江戸城に着く直前に、老中・若年寄たちの耳に届いた。

衝撃を受けた幕僚たちがその対応に右往左往し始めたとき、四挺の駕籠は既に大手門を勢いを落とすことなく駆け潜り、そのまま三の御門を抜けるや百人番所の番士を加えて、中の御門を荒荒しく走り抜け、書院門（中雀門）の石段を一気に駆け上がり、遠侍前の広場に着いて皆が皆、空を仰いで乱れに乱れた呼吸を、苦し気に調えた。

遠侍前の広場は、本丸内から押っ取り刀で現われた大勢の番士たちによって、たちまち埋め尽くされた。

駕籠の外へ最初に姿を見せたのは新井白石で、寸陰の差で老中秋元が続き、二人は半ばよろめきながら、空駕籠である筈の四挺目の駕籠に駆け寄った。

顔色は二人とも、真っ青だった。

「う、上様……」

新井白石が、駕籠の簾をうろたえながら跳ね上げた。

「あっ」

白石と老中秋元の口から、低い叫びがあがった。

なんという事か……。

とうてい信じられない光景が、白石と老中秋元の目の前にあった。

駕籠の中で幼君が、コックリコックリと居眠りをしているではないか。あれほどの激しい騒乱があり、しかも駕籠は懸命な逃げ足で駆け抜けてきたと言うのにである。

白石は立ち上がると、目の前の大勢の番士たちに向かって、唇の前に人差し指を立てて見せたあと、両手を上から下へと大きく振って（静かにせよ……）と示してみせた。

遠侍前の広場が、たちまち鎮（しず）まった。

白石と老中秋元が額を近付けて何事かを囁き合ったとき、遠侍の玄関（原則として大名の登城口）に番士たちが思わずひれ伏す人物が近侍する者四、五名を従え現われた。

不機嫌そうな表情の、**老中格御側御用人**（おそばごようにん）間部（まなべ）越前守詮房（あきふさ）（上野高崎藩五万石藩主）であった。幼君家継が父とも慕う将軍側近最高位にある権力者である。権力者とは思えぬその秀麗な超俗的容姿ゆえに、前将軍家宣（いえのぶ）の美貌の未亡人で幼君家継の生母である月光院と、徒（ただ）ならぬ仲にあった。それゆえ間部詮房は、藩邸へ戻るのは年に数度だけ、とも言われてきた。

が、その事実に対して、幕僚の誰もが口を噤（つぐ）んでいた。見て見ぬ振り、なのだ。

下手なことを口にすれば、首が飛びかねないことを承知しているのである。それ程の権力を間部詮房は掌握していた。

家継が眠っている駕籠の前まで来た間部越前守は、盟友である白石と、不仲な老中秋元にちょっと頷いてみせただけで腰を下げ、駕籠の中へ両手を差し入れた。

彼は家継を抱き慣れているかの如く抱き上げると、一言も発することなく、白石と老中秋元をその場に残したまま遠侍の玄関へと向かった。

白石と秋元は思わず顔を見合わせたが、竦んだように動かない。

実は、「銀次郎を見舞いたい……」と強く主張する家継の望みを「已む無し……」と聞き入れたのは、間部詮房と白石の二人であった。老中秋元は「城外に出るのは危険に過ぎる……」と終始激しく反対し、幼君の生母月光院も「まだ何事が生じるか判らぬ世情……」と、容易には承知をしなかった。

幼君を抱いた間部詮房が近侍する者たちと共に遠侍に入り、本丸（幕府執政区）の長い廊下を右へ左へと曲がって白書院の手前まで来たとき、幼君家継が間部の腕の中で目覚めた。

「おお、漸くお目覚めでございますか」

「下りる……」

「はいはい……」

間部はにこやかに目を細めて、家継を下ろした。

二人は確りと手をつないで、黒書院東側の廊下を過ぎ、御成(おなり)廊下へと入っていった。

此処から先は中奥(なかおく)、わかり易く言えば、将軍執政区である。将軍居住区という表現よりも将軍執政区という表現の方が合っている。

家継は一言も発せずに、早足だった。どうした訳か、むっつりとした幼い表現が不機嫌そうだ。

「上様、御錠口（大奥入口）で、母上様（月光院）がお待ちですから、あまり難しいお顔をなさっていますと、母上様が御心配を強められます。いま少し、表情を和(やわ)らげなされ」

間部は、**母上様**という表現を、やや強めた調子で用いた。

「和(やわ)らげる？……何故じゃ」

家継は父とも思って信頼してきた間部詮房の手を振り払うと、静まり返った廊下をひとりで走り出した。

間部は呆気に取られて、離れてゆく幼君の小さな背中を見送った。

「如何いたしましょうか」
三、四間を置いて間部に付き従っていた近侍の者の内、白髪まじりの五十過ぎが、小慌てに間を詰め、間部の耳元で囁いた。
「放っておいてよい。赤子の不機嫌みたいなものじゃ」

「はい」

白髪まじりの五十過ぎは、頷いて下がった。

が、間部は幼君家継の不機嫌さに、はじめて鋭い痛みを感じていた。これ迄に自分に対して見せたことのなかった、針先を感じる幼君の不機嫌さであった。

（もしや……銀次郎による影響か？……）

間部の脳裏で、そのような疑いがチラリと蠢いた。その微かな蠢きが、自分でも抑え切れない勢いでたちまち膨らみ出して、ある妄想が彼の脳裏で暴れ出した。

（よもや銀次郎ごときが……私と院（月光院のこと）の間に立ち入るようなことは……いやしかし、院の情熱はいつも殊の外激しい……止まることを知らぬ狂おし

さじゃ……これは危ない……が、そうはさせぬ。そうはさせぬぞ銀次郎）
炎の如く激しい銀次郎の闘士としての烈烈たる精神力を知ってしまったがゆえの、美男幕僚間部詮房の妄想であった。いや、狂想と表現すべきかも知れない。小さな心臓ゆえの、か細い度量ゆえの、ねばついた間部の妄想的嫉妬であった。

「ここ迄でよい。持場に戻りなさい」

間部は振り返ると、近侍の者たちを睨みつけ、不機嫌な調子で告げた。

近侍の者たちは、深深と頭を下げると、踵を返して下がっていった。

十三

大奥への入口である御錠口には、月光院が不安気な表情で座し、我が愛する息子の姿がいつ現われるのかと待ち構えていた。月光院の背後にはお付きの女中たちが体を小さくして控えていたが、こう言う場合かならず月光院の身傍に付いていた御年寄筆頭絵島の姿は、もはや無かった。正式に刑罰の決定ある迄は、厳しい監視付きで謹慎させられている。

月光院からやや離れた左手には、近侍の者たち——柳生衆——を従えた将軍家兵法師範柳生備前守俊方（びぜんのかみとしかた）が、矢張り月光院の視線と同じ方へ鋭い目を向けていた。

「おお……」

月光院の腰が思わず浮いた。向こう正面、左手の角から肩を怒らせ気味な小さな姿が現われた。

柳生備前守は動かなかったが、近侍の柳生衆たちの呼吸は即座に、万が一の場合に備えて動く気配を覗かせた。江戸城の奥深い**御鈴廊下**の御錠口であると言うのにである。

もっとも**御鈴廊下**の直ぐ西側には緑豊かな池泉庭園が広がっているため、油断はならない。侵入者が身を潜めようとすれば、潜める場所だ。樹木がよく育っている。

「母上、家継ただいま戻りました」

「よくぞ戻って参られた。お体のどこにも傷は負うておられませぬか」

思い切り抱き締めたい感情をぐっと抑えて、月光院は我が子と目を見合わせ、両の肩から腕へと二度、三度と撫でるに止めた。

「傷?……なんの傷じゃ母上」

「まあ、何を申されるのじゃ。お乗りの駕籠が幾人もの刺客に襲われたとの報せが、いち早く備前（柳生俊方）に届いておるというのに……」

「おお、けしからぬ刺客どもは、柳生の手の者が見事に勇ましく防いでおったわ。駕籠の簾の隙間から、よう見えた」

「そのように恐ろしいことを乱暴な口調で申すものではありませぬ。上様のお体は単に幕府のものでも、徳川家のものでもありませぬぞ。この国の、お体なのじゃ。今後は安穏な気分で泉川そばで保養する銀次郎と会うことは、この母が認めませぬ」

「なぜ銀次郎と会うてはならぬのじゃ母上」

「銀次郎に近付くようになってからというもの、上様の動き様や考え方、そして口調までが荒荒しく乱暴になりつつあるように、この母には思えてなりませぬのじゃ」

「そのように言うては銀次郎が可哀想ではないか。徳川幕府のために銀次郎は命を賭して単身で反幕集団と闘ってくれているのではないのか。その銀次郎は今、満身創痍となって床に伏しておる。哀れではないか」

　幼君家継は強い調子で言うと、姿勢を改めて一、二歩を踏み出し、やや離れて身じろぎ一つせず座っている柳生備前守と目を合わせた。

「備前。其方（そなた）、この家継が申していること、誤っていると思うか。どうじゃ」

「おそれながら上様。お母上様が、如何（いか）に愛（いと）しい我が子を心配なさっておられたかを、先ず心静かにお判りになって差し上げねばなりませぬ。それが、子の親に対する作法であり恩愛（おんあい）であると、この備前は考えまする」

「なに。まだ幼いこの家継に、備前はそのように難しいことを求めるのか」

「幼いお年の上様ではあられても、征夷大将軍でございます。如何に幼くとも、征夷大将軍たる者は、一日一日を確りとお育ちになってゆかねばなりませぬ。それが国を統率（とうそつ）せんとする者の責任であり、運命（さだめ）でございます」

「なれど備前……」

「上様。今や上様はお母上様の上に立っておられるのでございまするぞ。上様をこの世に送り出されましたる尊きお母上様の上の地位に、既に立っておありなさるのじゃ。お母上様にご心配をお掛けしてはなりませぬ。お母上様に子としての大きな愛を優しく注いでおあげなされませ。それが幼君であろうとも、征夷大将軍の真の姿でござります」

「うぬ……」

「この備前がいま申し上げた失礼にして恐れ多い言葉の数数は、まぎれもなく**従五位下加賀守桜伊銀次郎正継**殿の言葉でもある、と私は確信してございまする」

柳生備前守の口から銀次郎の名が出ると、頰を紅潮させていた幼君家継の表情が、ウッとなった。そこへ、間部越前守が現われ、続いてその後方に老中秋元但馬守と新井筑後守白石の二人が姿を見せた。

その気配を察した家継が振り返り、そして「ふん……」と肩を力ませると、中奥から大奥に向かってそれこそ小駆けの勢いで**御鈴廊下**を渡り出した。

悲し気な表情で立ち上がった月光院の前に、四人の幕僚たちが自然な動きで集まった。

月光院は、ほっそりとした白い指先で、目許をそっと拭って誰に対してともなく力なく言った。

「近頃の上様は、生みの母たるこの妾から、どんどん離れていくような気がしてならぬ。銀次郎に近付き過ぎることが、その原因であるような気が致してならぬ」

月光院の言葉に対して、新井白石が眉をひそめ、はっきりと首を横に振った。

「決してお言葉を返す訳ではありませぬが、上様は幼君なれども大変に英邁な御方でございます。とくにここ数ヶ月の御成長ぶりには目を見張るものがございます。自分の考えというものを、確りとお持ちになる傾向を正しく強められてございます。また銀次郎、あ、いや、黒書院殿に致しましても、まれに見る剛の者ではありまするが、豊かな知力と深い教養を身に付けてございます。上様に対し、決してよからぬ影響を与えるような人物ではございませぬ」

白石の抑え気味な声のその言葉に柳生備前守が深深と頷き、間部越前守も「まさにその通り……」と同調した。老中秋元但馬守は、顰めっ面で無言だった。顰めっ面で「私は月光院様の理解者でございます」を、あらわしている積もりなのであろうか。

間部越前守が、白石に同調したあと冷やかな低い声で付け加えた。

「だが……このところの桜伊銀次郎は確かに上様へ急速に近付きすぎる嫌いが

(傾向が)ありますな。もう少し上様との隔たりを工夫すべきかも知れませぬ。満身創痍の桜伊銀次郎には、この機会に幕府から離れた立場で、何処ぞでゆっくり休息の日日を送らせた方が宜しいかも」

先ほど白石は銀次郎を黒書院殿と称したが、間部は桜伊銀次郎という表現に不自然なわざとらしい力を込めて言った。

誰も、間部に言葉を返さなかった。

「さ、参りましょう。部屋でゆっくりと桜伊銀次郎のこれからについて考えましょう」

間部は月光院の背にそっと触れて、柔和な表情を拵え促した。

残された三人の幕僚は、御鈴廊下を大奥の方へと次第に離れてゆく間部と月光院の後ろ姿を少し頭を下げた姿勢で、ただ熟っと見送るのみだった。

けれども、柳生備前守の表情は、ひとり険しかった。

彼は感じていた。

今に大雷鳴が、江戸城大奥の頭上で不吉に轟きわたるのではないか、と。

十四

美しい花が咲き乱れる庭に面した座敷へお付きの女中たちと共に入った月光院であったが、疲れ切った表情で座り込み、小さな溜息を吐いて、広縁に座した間部越前守詮房と目を合わせた。今や大奥へも平然と出入りできる権力者の間部越前守詮房ではあったが、さすがに月光院の居室へ無遠慮に立ち入るほど作法知らずではない。奥女中たちの大粛清という前代未聞の大事件があったばかりの大奥は、それまでと比べ奥女中たちの数を著しく減らしてはいたが、〝うるさい視線〟はまだまだ其処彼処で蠢いている。

「お心かなりお疲れでございまするな。上様をお呼びして参りましょうか」

間部が労り声で言ったが、月光院は眉をひそめて首を横に振った。

「暫くひとりにしておいて下され。これ、その方たちも構わぬゆえ、妾が声を掛けるまでそれぞれの御部屋で休んでいるがよい」

月光院は間部の労り声を拒み、奥女中たちに命じた。

潮が引くように、広縁からも座敷からもたちまち人の姿が消えて、沈んだ表情の月光院ひとりとなった。

間部は月光院の命令に決して逆らわない。許されぬ関係と判ってはいても、彼は本気で月光院を大切に思い、誠実にやさしく接してきた。月光院に背を向けられると、自分の政治権力に罅（ひび）が入りかねない、とも思っている。正室（御台所）と御部屋様（側室）との権力争いは、**正室と将軍の関係**が余程に険悪でない限り、御部屋様に勝ちめは無い。

だが、月光院は別格だった。何しろ将軍の**生母**である。それゆえ正室と同様に何かに付けて『将軍家の者（家族）』に準じられて扱われてきた。

月光院の俸禄（御部屋様手当）は年に一〇〇〇両、米五〇〇俵である。また、さまざまな文献から浮かびあがる月光院の**天生**（ひととなり）は、非常に魅力的と言わざるを得ない。**容姿端麗**という表現よりも、**才色兼備**こそが月光院に似合うと文献は伝えている。和漢の学問をよくやり、詩歌の才能極めて豊かで、『車玉集』という歌集（和歌）を出し、神道や密教にも通じるなど、その知識教養の幅、秀逸さは、亡き六代将軍（家宣）の御台所天英院（父・関白近衛（このえ）基熙（もとひろ）、母・後水尾（ごみずのお）天皇皇女品宮（しなのみや）常子）に決して見劣りしないとも言う。

月光院のその才色兼備は、幼君家継亡きあと新しく**八代将軍の座に就いた吉宗**もいたく気に入って、江戸城内の**吹上庭園**（甲州街道方面からの攻撃に対する防禦台地内に設けられた庭園）に、一万坪の大邸宅（吹上御殿）を月光院のための住居として与え、年に八六〇〇両、米一一三〇俵を支給している。

因に、八代将軍吉宗は六代将軍（家宣）の未亡人天英院をも大切に遇し、住居こそ本丸↓西の丸↓二の丸と動きはしたが、年に一万一一〇〇両、米一〇〇〇俵を支給した。天英院、月光院ともに、ほぼ**平等**に遇している。

さて、いそいで物語へ戻らねばならない。

周囲に静けさが満ちると、月光院はがっくりと肩を落とした。

今後は安穏な気分で銀次郎と会うことは、この母が認めませぬ。

感情に走って、つい言葉に出してしまったことを、月光院は後悔した。大変なことを我が子に対して言ってしまった、と思った。銀次郎に憧れ、銀次郎を信頼して、ぐんぐん力強さを育みつつあることを、認めている月光院だった。けれどもそれにしたがって、我が子が母を求め母に親しむことが、著しく減ってきている、と思わざるを得ないのだった。

「上様は近頃、あまり妾（わらわ）を訪ねて下さらなくなりましたのう……」

つい先日のこと、亡き先代将軍（家宣）の正室であり幼君家継の嫡母（ちゃくぼ）（後見人）である天英院から不安気にそう言われたことを、やはり不安を覚えつつ思い出さざるを得ない月光院だった。

……このところの桜伊銀次郎は確かに上様へ急速に近付きすぎる嫌いが（傾向が）ありますな。

端整な容姿の間部越前守が冷やかな調子で吐いた言葉が耳の奥に残って消えない。月光院はつい言ってしまった自分の愚痴が引き金となって、今に大変な事が生じるのではないか、と思わず総毛立った。

「私はなぜ銀次郎を否定してしまったのか……我が子家継と同じように、若（も）しや私の心の内側にも銀次郎に憧れたいとする渇望（かつぼう）が潜（ひそ）んでいるのではあるまいか……そう言えば……」

呟（つぶや）いて月光院は、その美しく整いすぎた顔を両手で覆（おお）った。

……そう言えば近頃、容姿端麗に過ぎる越前の（間部の）ねちっとした掌（てのひら）が我が肌に触れると、稲妻を浴びたような痛みが背すじを走る、と。

越前が有する強力な人事権が、若し銀次郎を狙い撃ちにしたら……。

「いけない。どれほど上様が悲しまれることか……」

月光院は呟いて立ち上がった。顔は蒼白となっていた。胸の内で、間部越前守に対する嫌悪が激しい勢いで膨らみ出していた。

しかし、そこ迄だった。これまで寂しさの極みにあった我が肌を越前の掌がどれほど慰めてくれたことか、と思うと足下から力が萎(な)えてゆき、再び座り込んでしまった。

「銀次郎……すまぬことを申してしまいました……愚かでありました」

なんと月光院はそう呟くと、目を潤(うる)ませて明るい庭を眺めた。

「あなた様は、この私(わたくし)をひとり現世に残すのが、早すぎましてございます。私(わたくし)は寂しい……」

月光院が、それこそ初めて口にする、亡き六代将軍徳川家宣への、哀しき恨(うら)み節(ぶし)であった。

彼女は文机(ふづくえ)の前に移ると、筆を手に取り、ほんの少し考え込む様子を見せてから、いつも欠かさず調えられている短冊の上に、すらすらと書き出した。

泉川さざれ石なで流く清水早くぞ人を恋い初めてし

万葉集をよく学んできたと言われる才色兼備たる月光院の、どこか喘ぎ苦しそうな即詠歌であった。誰か実在の者を胸の内に抱いて詠んだのであろうか？

泉川のさざれ石をなでるようにして流れる水が早いように、私はずっと昔からあなたのことを激しく恋っていたのかもしれませぬ……。くらいの解釈で、まあ許して貰いたいのだが。

泉川の畔では、黒書院直属監察官大目付三千石、従五位下加賀守・桜伊銀次郎正継が、保養している。黒兵に、母のように見守られて。

十五

「お気を付けなされませ。お手を……」

「いや、大丈夫だ」

「足首あたりに、まだ多少の毒が残っておりましょう。油断してはなりませぬ」

た。

銀次郎は差し出された黒兵の手に縋（すが）るようにして、広縁から踏み石の上に下り

「そうか……そうだな」

顔色は、見違えるように、よくなっていた。

身形を調え、腰には大小刀を帯びている。実に久し振りに身に付けた、大小刀であった。小刀は、恐れ多くも幼君家継からの〝拝刀〟である。

「踏み石の上に下りた時に、体の重みが最も足首に掛かります。鈍（にぶ）い痛みなどが足首からお腰に向かって走りは致しませんでしたか」

「どうやら大丈夫のようだ。黒兵にはすっかり世話を掛けてしまったのう。礼を言う」

銀次郎は黒兵の涼し気な二重（ふたえ）の目を見つめて、軽く頭を下げると、彼女の手に導かれるようにして踏み石から庭土へと足を下ろした。

庭の直ぐ向こうは、青菜が豊かに実る畑になっている。と言うよりは、庭と畑には境界などはなく、殆ど一体となっている。

千駄木（せんだぎ）の畑地に構えるこの黒鍬の修練屋敷——影屋敷——に、幼君家継が訪ね

て見えてから、既に五日が過ぎていた。**銀次郎にとっては**何事もない穏やかな五日間だった。**銀次郎にとっては**、である。

彼は燦燦（さんさん）と日が降り注ぐ目の前の光景を、眩（まぶ）しそうに眺めた。この影屋敷で保養するようになってから、変わる事のない平和で静かな光景だった。

広広とした畑地では男黒鍬たちが地を耕し、ある者は腰をかがめて何かの種子（たね）をまいていた。

ずっと彼方（かなた）には、安産神社の赤い鳥居や、もと伊勢桑名（いせくわな）藩主松平定重の下屋敷の白い土塀も見えている。

実は黒兵は、幼君家継がこの影屋敷からの帰路、刺客集団に襲われたことを、まだ銀次郎には打ち明けていなかった。武士ならば、お家にとって余程に大事な情報を自分の判断で上へあげなかったならば、切腹か斬首である。

けれども黒兵は、めざましく回復しつつある銀次郎の心身に負担を与えまいとして、部下から詳細報告のあった『上様、襲撃さる』を、自分の胸の内に留（とど）めおいたのである。

その最大の理由は『上様、ご無事』であったからだ。

さらにもう一つ、理由があった。部下からの詳細報告を聞いた黒兵が、「ん？……」と感じた理由が。

その「ん？……」について黒兵は今、腹心の部下に命じて調べさせていた。

「さ、行こうか黒兵……」

銀次郎は黒兵を促した。その声が、数日前に比べ随分と確りとしていた。黒兵の献身的な治療と介護によって、おそらく体内の毒のかなりが除去されたのであろう。

「足下にだけは、お気を付けなされませ」

「うん、わかっている」

「私は二歩ばかりさがって、お供させて戴きます」

「そう言うな。並んで歩いてくれ」

「なりませぬ」

「それがお前の……護りのかたち、なのだな」

「…………」

黒兵は銀次郎の言葉には応じず、彼の背にそっと手を当てて促した。

銀次郎は剣客の自然体でもある両手を軽く握りしめて歩き出し、その二歩うしろに黒兵は従った。

「のう、黒兵よ」

「はい」

「かなりの期間、お前は月光院様のお傍(そば)に御盾役(おたてやく)(身辺警護役)として大奥に詰めていた訳であったが、如何(いかが)であった?」

「上様の御生母様の御盾役であったのでございます。軽軽しくあれこれとお話を申し上げる訳には参りませぬ」

「この私に対してもか」

「はい。お許し下さりませ」

「うむ。だからこそ、お前は信頼できるのだ。たまらなく良いな、そういうお前は」

「まあ……たまらなく良い、などと……」

「冗談で言うておるのではない。本気で申しておるのだ」

「月光院様は……」

「ん？」

「月光院様は、それはそれは和歌に長じておられ、私も若い頃から父の厳しい教えのもと和歌を詠むことに励んで参りました。そうとお知りになられました月光院様は私を相手にして和歌のお話をなされる機会が多くなり……」
二、三歩前を歩いていた銀次郎の足が止まり、振り向いた。
従う黒兵は歩みを止めなかったから、二人の間は静かに縮まり、顔が近くなった。

銀次郎は、まるで労るかのような口調で訊ねた。

「黒兵……お前は和歌を詠める、と言うのか」

「はい。ほんの少し、と申し上げた方が宜しゅうございますけれど」

「ふうん……お前……一体何者なのじゃ」

「…………」

黒兵は、視線を落として答えなかった。

「和歌が詠めるというお前は、何処の生まれなのじゃ。生家を教えてくれ」

「黒鍬は生家を決して表には出しませぬ。出してはいけないのでございます。ましてや私は黒鍬の頭領ゆえ」

「もう一度訊く。黒兵、和歌の教育を受けたというお前の生家は何処じゃ。答えよ」

「…………」

「ふん。強情なやつ……」

銀次郎はチラリと苦笑して、歩き出した。

二人はこれから桜伊邸に立ち寄ったあと、艶の墓を訪ねることになっている。

「のう黒兵よ」

「はい」

「今日もお前の動きに合わせて、屈強の配下の者たちが姿を消し我我と並行して動いておるのか」

「いいえ。今日は黒書院様と私の二人だけでございます」

「ならば何処ぞの木陰で思わず、お前を強く抱き締めてしまうやも知れぬぞ。いいな」

「…………」

「どうする？……いやか、おい黒兵」

「………」

「冗談じゃ。悪巫山戯が過ぎたのう……すまぬ」

このときの黒兵の耳には、銀次郎の言葉は殆ど入っていなかった。すぐ先、目の前に泉川に架かる泉橋が迫ってきたからだ。

二人は穏やかな歩みで泉川に架かった泉橋を渡り出した。

黒兵の五感は、戦闘態勢に入っていた。要人暗殺で、橋の下は最も危険だからだ。しかし幼君家継は、無事にこの泉橋を渡り切っている。

そして銀次郎も橋を渡り切って、黒兵の表情が僅かにホッとなった。

「今日は少しのんびりとせよ。昼餉は何処ぞ、饂飩の旨い店でも探そう」

銀次郎が前を向いたまま言った。

黒兵は全方位へ注意を払いつつ、銀次郎との間を詰めて肩を並べた。

「次の辻を左へお曲がり下さいませ」

「左へ？……」

銀次郎は振り向いて泉川の土堤向こうに、大屋根を覗かせている黒鍬の影屋敷を認め、それから御天道様を眩し気に一瞬仰ぎ、直ぐさま視線を下げて隣の黒兵を見つめた。

道果・道程複雑な長旅に苦しめられて来た彼は、方角や自分の位置をかなり正確に推し量る勘を研き抜いている。

「次の辻で左への道を取ると、桜伊家へはかなり遠回りになるような気がするが……」

「仰る通りでございます。が、黒書院様の身の安全を考えての念のためでございます」

「わかった」

銀次郎は、あっさりと黒兵に同意した。今やそれほど、彼女のことを信頼していた。

二人は、次の辻を左へ折れた。

その道は細道であったため、黒兵はごく然り気なく銀次郎の前に立って歩み出した。

細道の左右は、長く続いている小作長屋の傷みの目立つ古い塀であった。御天道様が空高くにある間は男も女も一生懸命に働く小作たちであるから、塀の内側は静まり返っていた。赤ん坊や幼子は、双親と一緒に田や畑へ出かけてゆき、畦道の木陰で一日の大方を過ごす。

銀次郎は黒兵の背中に、抑えた声で訊ねた。

「何処まで行く？　先に見えている次の辻を折れるのか」

「いいえ。突き当たりまで参り、其処を右へ……」

「そうか。うん……」

黒兵は明らかに、細い道、細い道を選ぶようにして進んでいた。しかも規則正しく右へ折れ、左へ折れを繰り返している。銀次郎が眠っている夜の間にでも、そっと影屋敷を抜け出て銀次郎のための安全な道を選択したのだろうか。

一方の銀次郎は、黒鍬の戦闘能力は、手狭な場所や細道、坂道などで絶大な力を発揮することを承知していた。

どれほど歩いたであろうか。町家の路地口を抜ける手前で、黒兵が歩みを止め振り返った。

「間もなく黒書院様の御屋敷でございます」

「そうだな。目の前の旗本屋敷の小路を二屋敷分抜け出れば、左手に我が屋敷が見える」

「左様でございます」

「それにしても黒鍬は、あちらの小道こちらの路地裏と、さすがよく知っておるのう」

「それも御役目でございますゆえ」

「うむ……行こう」

「はい」

二人は用心しながら町家の路地口を出ると、小旗本屋敷の板塀に挟まれた小路へと入っていった。

小旗本屋敷とは言っても、敷地四、五百坪くらいはある。

小路の左側の板塀屋敷は、幕府の御馬預役二百三十石北端五平次。右側の板塀屋敷は御馬別当役（将軍御召馬預とも）三百二十石南辺武吾朗と、銀次郎は承知していた。

この小旗本小路を抜けた銀次郎は、そのまま次の中堅旗本屋敷の板塀小路へと入っていった。この小路は石畳が綺麗に敷かれて、中堅旗本小路であることを、誇っているかのようだった。

この石畳小路口を出た所で視線を左手斜め向こうへ振れば、既に三千石旗本屋敷と化している桜伊家の表門が見える筈だった。

黒兵が前を行き歩みを速めた。念のため桜伊家のまわりに用心深く注意を払うためであろう。

が、石畳小路口を出た黒兵の足が、反射的と言っていい速さで下がり、銀次郎の方を険しい表情で振り向いた。

と、同時に懐剣の柄袋を取り払って帯に素早く挟み、鍔付きであることを露にしたではないか。

激しい戦闘のための、実戦用の懐剣だ。刃が、当たり前の懐剣よりは長い。

銀次郎は慌てる様子を見せずに、黒兵に近寄っていった。

「どうした？」

「御屋敷の表御門が竹矢来で封鎖されてございます」

「ほう……」

銀次郎は、べつに慌てる様子を見せずに、小路口にいる黒兵と位置を入れかわった。

彼は小路口から、顔半分をそっと覗かせた。

なるほど、まぎれもなく表門は、竹矢来で封鎖されていた。

「昨日今日(きのうきょう)、封鎖したかのようだな。竹矢来の竹が青青として実に艶(つや)がよいぞ黒兵」

「あの艶(つや)のよい青青とした美しさは、今日組まれたものかも知れませぬ。昨日ならば今少し艶(つや)が失なわれておりましょう」

「うむ……」

「一体、どなた様の指示命令でなされたものなのでございましょうか。おふざけはいい加減に、と訴えたくなりまする。お許しを戴ければ、直(ただ)ちに配下の黒鍬を動かして密(ひそ)かにお調べ致します」

「まあ待て。こういう問題で黒鍬が動くことはない。桜伊家は長きに亘(わた)って、自らを蟄居(ちっきょ)にして閉門(へいもん)としてきた**無頼旗本**じゃ。今さら竹矢来ごとき何とも思わぬわ」

「冗談ではございませぬ黒書院様。あなた様は今や幕府の……」

「言うな黒兵。それよりも気になるのは、桜伊家のかつての家臣たちや下働きの者たちに関しての事だ」

「桜伊家が再興したことで、既に去ってしまった家臣や下働きの者たちを、再び登用しようと手を打たれているのでございましょうか？」

「その通りだ。さすが黒兵、ようく読むものじゃ」

「なれど、桜伊家に向かってそれらの人材が動いた気配は、今のところ全く捉えられてはおりませぬ。折りに触れて桜伊家の様子は、配下の者たちに気を付けさせてございます。余りに過ぎて不本意となってしまってはいけませぬゆえ数日に一度くらいの割で……」

「そうか……一度去った家臣や下働きの者たちは矢張り二度と戻って来ぬか……そうであろうよ。この俺の身勝手でやった蟄居閉門であるからのう……当然かも知れぬ」

「呼び掛けても戻って来ないということは、現在の生き方に満足しているからだと、お思いなされませ。案外、それが事実であるやも知れませせぬ」

「お前の言う通りだ。そう思うことに致そうか」

「なれど黒書院様。御屋敷の内部は確かめるべきではございませぬか。桜伊家にとって大切な物が数多く残ってございましょう」

「残っている。なにしろ**神君家康公**から**永久不滅**を約束された桜伊家だからのう」

「それについては黒鍬の頭領として、よく存じ上げ、理解致してもおります。その桜伊家を何者かが権力でもって竹矢来封鎖をしたとすれば、神君家康公の永久不滅の証が奪われてしまっているかも知れませぬ」

「容易く(たやすく)は見つからぬ所に秘匿(ひとく)してはあるのだが……うむ……確認しておく必要はあろうな」

「中堅旗本街区だけあって、御屋敷前の通りは今、人の往き来はありませぬ。勝手口門より中へ入りましょう」

「そうするか。お前のことだから、勝手口門のからくり錠の外し方は、既に把握しておるのだろう」

「はい」

黒兵は頷き、小路口から然り気なく通りへ出て、そのまま桜伊家右手のよく調った石畳小路へと入っていった。

（艶よ。もう暫く待っていてくれ。屋敷の中を確かめたならば、必ず津山近江守忠房様の菩提寺である真安禅寺を訪ねるからな……）

銀次郎は胸の内で艶の霊に語りかけると、黒兵の後を追って通りへ出た。

十六

檜皮葺の屋根をのせた小拵えの勝手口門。

黒兵はその勝手口門のからくり錠を音を立てることなく手際良く開けると、板戸に手を掛けて銀次郎が近寄って来るのを待った。

「私に先に入らせて下さい」

「いいだろう」

銀次郎の頷きを得た黒兵は、板戸の開閉のために付いている丸型の取手にそっと両手を触れた。用心を念のためとする場合の板戸の開閉は、**押す力**と**引く力**と

止める力の微妙な加減が不可欠になってくることを、さすが黒兵は心得ていた。それには片手ではなく両手で取手（にぎり）に触れることが大事となる。片手だけで**加減を調整**しようとすれば、押す引くのどちらかが過剰となって板戸に軋み音を生じさせかねない。

黒兵は慎重に板戸を開けた。竹矢来で封鎖された銀次郎邸には、何者かが潜（ひそ）んでいるかも知れない。よって両手を取手に触れている黒兵の脳裏は、既に右の手を取手から放して電撃的に十字手裏剣を投擲（とうてき）する呼吸を調えていた。

板戸が開き切って二人は深閑とした庭内に入り、板戸は閉じられた。

二人は囁き合った。

「人の気配はどうだ」

「全く感じられませぬ。但（ただ）し、侵入者が忍びならば自分の気配を訳もなく消せまする」

「うむ」

銀次郎は庭内を見まわした。

綺麗に手入れがなされていた。樹木も剪定されている。目の前にある大屋根が美しい建物は書院だ。

庭に面している書院の雨戸は全て閉じられてはいたが、雨戸の手前側（庭側）を玄関方向へ走っている幅広い広縁は、幾人もの手で磨き抜かれたのであろう、木肌色に鈍く輝いていた。

「留守中にかなりの人手が入ったようだな」

「庭師や大工、左官ほか、かなりの職人たちが立ち入ったことは、黒鍬で把握できてございます。我らの御支配様である和泉長門守兼行様（首席目付、銀次郎の伯父）のお心配りに相違ございませぬ。いいえ、お心配りでございまする」

黒兵は首を小さく横に振ると、語尾の部分をやや強調気味に言い改めた。

「伯父のお心配り……か」

「お父上様とも思うて、お大切になさりませ。黒兵の願いでもございます」

「そうよな……うん……おい、書院の反対側の庭も見てみたい」

「はい」

黒兵は前に立ち、大きくはない石組で護岸された池の縁に沿うかたちで、木立豊かな庭の奥へと向かった。

「妙に……なつかしい」

石組護岸の池を眺めながら、銀次郎は呟いた。武人であることを誇りとした祖父**真次郎芳時**が銀次郎の誕生を喜んで造った池で、銀次郎が武の人として大成するようにと見事な錦鯉を放って飼育し始めたのだが……真次郎芳時が病没すると、その錦鯉もまるで主人（あるじ）の後を追うかのようにして死んでしまった。

武家屋敷や名刹（めいさつ）寺院に造られることが多い池泉（ちせん）に、造形の美しさを見せる護岸の石組があらわれ出したのは、**鎌倉時代**に入ってからである。古典の名園の多くは池泉式庭園である、と言っても誤りではないだろう。

また時代の流れにしたがって池泉の護岸の石組は、立体造形美と多様性を次第に深めてゆき、石組の数も多くなって観（み）る者を感動させ圧倒していくのだった。

とくに、鹿苑寺（ろくおんじ）（京都）、二条城（京都）、桂離宮（京都）の三園はまさに感動の極みに誘い込まれてゆくこと間違いないと信じるので、この頁（ページ）で読者の皆さんに推（お）しておきたい。

黒兵と銀次郎は、書院の北側を回り込むかたちで、西側の庭へと入っていった。

東側の庭が池泉を中心とした開放的な明るい庭園とすれば、書院の西側は枝葉広がるこんもりとした木立の庭だった。とくに今は亡き真次郎芳時の好みで、赤樫や白樫が主体として植えられている。

いずれも常緑高木だ。

樫は高さ七丈～八丈（二十数メートル）くらいまで、また差し渡し（直径）も一丈（三メートル余）くらいまで育つ巨木で材質が丈夫であることから、武人であることを誇りとした真次郎芳時はこれを用いて、何十本もの秀れた出来映えの木刀を拵えては、親しき武人たちに贈ってきた。

「こちらの庭は、余り手入れが行き届いておらぬようでございます。雑草や薄が繁り過ぎです」

黒兵が庭を見まわしながら、小声で告げた。

「確かにな。ただ、あの薄は常磐薄と言うてな、真冬でも枯れない種類なのだ。祖父の真次郎芳時が大変好んだ薄じゃ。庭の手入れを伯父（和泉長門守）が手配りしたとすれば、真次郎芳時の常磐薄好みを心得ている伯父が〝この次にでも手入れを〟とそのまま残しておいたのであろうよ」

「申し訳ございません。そうとは知らず〝繁り過ぎ〟だなどと……」

「いや、確かに繋り過ぎだ。もう少し……」

そこで銀次郎の言葉がフッと止まり、黒兵が反射的な動きを見せて銀次郎を庇うかのように立ち塞がった。かたちよい二重瞼の切れ長な目が、眦を跳ね上げている。

幹太い赤樫、白樫の陰から三人、薄の中から湧き上がるようにして二人、いずれも目窓を開けただけの白覆面で顔を隠し、白装束で身を包んで現われた。無言だ。

「よい。下がっていなさい」

銀次郎が黒兵の前に出ようとしたが、黒兵は微動もしない。

「私の体がどれほど回復したか見守ってくれ。これは命令だ黒兵」

やさしい調子の、銀次郎の命令だった。

黒兵と銀次郎の位置が入れ替わった。前から五名の白装束がジリッと迫ってくる。

何か気配を察したのであろう。黒兵がついに懐剣を抜き放って後ろを振り向いた。

いた。背後にも三名の白装束が。こちらは巨漢揃いだった。

「黒書院様、後ろからも大狐が……」

黒兵の囁きに銀次郎は「手を出してはならぬ。お前は休んでいなさい」と声小さく応じただけだった。

それを聞き流した黒兵は、銀次郎と背中合せに身構え立ち、侵入者を鋭く見据えた。

白装束八名が、殆ど同時に刃を抜き放ち、それぞれ正眼に身構えた。

「おのれら……手加減しねえ」

告げて銀次郎は腰の大刀をチリチリチリと鞘を鳴らし、抜刀した。

何処の寺院からか、ゴオオオンと鐘打つ音が響きわたってきた。

十七

銀次郎は静かに鞘から滑らせた太刀を身構えもせず、だらりと下げたまま熟っと目の前の五名を眺めた。頭の上から足先までを舐めるようにして。

目つきは険しかったが、表情は然程でもない。五名がジリジリと詰め寄って来るというのに、まるで身構えない。それはつまり、これ迄に大勢の敵を単身で相手にしてきたことを物語っているのだった。五名や十名など数の内には入っていない程に。

だが、それは油断と言うものではないのか、銀次郎。

黒兵は黒兵で、背後から姿を現わした巨漢の白装束三名を、キラキラと光る目で身じろぎもせずに見据えていた。右の手がひっそりと動いて、鍔付き懐剣の柄袋を落ち着いて取り払いはしたが、まるで恐れている様子が無い。

と、何を思ってか、銀次郎が手に下げていた太刀を、鞘に戻した。

背中合せの黒兵は、そうと察して、さすがに驚きはしたが表情に激しい動きはなかった。巨漢三名の足下からは視線を離さない。黒兵は対峙する相手の爪先の僅かな変化で、「来るっ……」と読み取ることに秀れている。

読まれたなら、その相手は万が一にも勝ち目は無い。一瞬の勝負となろう。

「おい……」

太刀を鞘に納めた銀次郎が、正眼に身構える目の前五人の内の一人――中央の恰幅のよい――を指差した。そして、べらんめえ調が続く。実に久し振りな、銀次郎調子であった。

「お前はよ、小野派一刀流だな。綺麗な素晴らしい正眼の構えじゃねえか。足下の位置もいささか異形にだが決まっていやがる」

異形にだが、と言われて其奴の顔色が変わり、ジリジリと間を詰めていた五名全員の動きが稲妻に打たれたかのようにぴたりと止まった。

銀次郎が、べらんめえ調を続けた。

「お前のその優等生のように良く出来た正眼の構えはよう……たとえば俺のこれには絶対に勝てまい」

銀次郎は今度は、激しい勢いで一瞬のうちに抜刀した。

その余りの勢いに、彼と対峙していた五名のみならず、黒兵と向き合っている三名の巨漢までが、滑稽なほど大きく跳び退がった。

一体何をやり出すのか？　と黒兵の注意が、ほんの一瞬銀次郎の背中へと注がれた。激し過ぎる抜刀は、脚構えによってはかえって危険な場合がある。腰から下、とくに両の脚が乱れるからだ。しかし、対峙する五名に「スキあり……」と捉えられるような銀次郎ではない。そのような軟弱な鍛練などしてはこなかった。それに彼の剣法は、**単身対集団**の激戦のなかで、無自覚的に成長を続けてきている。

銀次郎が切っ先を相手に向けた。やや正眼、の構えをとったあと、ひと呼吸さえも措(お)くことなく上体のみを右へ静かに深く捻(ひね)った。太刀がその動きに流れるが如くついていく。

視線、左肩、左爪先(つまさき)は**相手へ向けたままだ**。

そして太刀の切っ先が、銀次郎の右膝(ひざ)裏の高さで静止した。

相手には銀次郎の切っ先が、体が盾(たて)となって全く見えなくなった。

「みょ……妙剣……」

見守る敵の一人がはっきりとした声で呟(つぶや)き、その呟きを合図としたかの如く五名全員が再び二、三歩を退がった。余程に驚いたのか？

今に銀次郎は大きな動きを取る、と咄嗟(とっさ)に判断したのか黒兵も素早く銀次郎との背の間を広げ、巨漢三名の方へ足を滑らせた。

間を詰められて小慌て気味に巨漢三名が扇状に散り、黒兵の妖しくかたちよい唇が苦笑を見せた。

「そうだわさ。妙剣よ」

と、返した銀次郎が、何を考えてか**妙剣**の構えを解いて太刀を鞘に戻し、言葉を続けた。

「お前(めえ)たちのその構えじゃ、とてもじゃねえがこの俺は斬れねえよ。おい、左から二人目の太(ふと)ったお前(めえ)、蟹股(がにまた)みてえなその両脚開きじゃあ、俺が妙剣でもって斬り掛かったらよ、足首がもつれて自分から勝手に倒れてしまうぜ」

聞いて黒兵が、クスリと小さく漏らした。

妙剣とは、小野派一刀流剣技の『高上極意五点(こうじょうごくいごてん)』の内の一つである。つまり、妙剣、絶妙剣、真剣、金翅鳥王剣、独妙剣の**神剣(しんけん)とも称すべき奥深く尊い五剣**から成っている。

銀次郎は、ゆったりとした動きで、五人との間を詰めた。

白覆面の目窓から覗(のぞ)く十の目玉は、既に自信を失い息を殺している者の目だ。

「一体(いってえ)何者なんでえ、お前(めえ)達は。白装束がまるで似合っちゃあいねえ。誰に命じられて白装束を纏(まと)ってんでえ。お前(めえ)達の内の一人をよ、ふん捕(づか)まえて白状させるなんざあ訳もねえことなんだぜ」

ここで銀次郎は黒兵に圧倒され続けていた巨漢三名の方へ、ジロリと視線を振った。

三名が救いを求めるかのようにして刀を身構えたままの姿勢で横へと移動し、五名に加わった。

銀次郎は不快そうにチッと舌を打ち鳴らした。

「小野派一刀流はよ、柳生新陰流と並ぶ堂堂たる徳川将軍家の剣法なんでえ。その大事な**お家剣法**を、ろくな修行もしねえで俺の目の前に持ってくるんじゃねえやな」

銀次郎の口調が激しくなり、八名は正眼の構えを崩さず、ザザアッと足下を鳴らして大きく退がった。彼我、まるで比較にならぬ程の貫禄差だ。

それはそうであろう。繰り返すこと何度にもなるが、銀次郎は単身で今日まで、どれほど多くの敵を相手として倒してきたことか。

全身これ傷だらけなのだ。真の剣客は切られ傷が多いほど、これも繰り返すが、その剣技は**無自覚的に深まってゆく**。

「誰の命令で動いているのか知らねえが、戻ったらその御人に言っときねえ。下手に白装束の真似なんかしていやがると今に、江戸市中に潜んでいるかも知れねえ誇り高い本物の白装束集団の激しい怒りを買うことになるぜ、とな」

「ひけいっ」

銀次郎の言葉に圧されて退却命令を発したのは、意外なことに何と蟹股開きの白装束であった。

余りに見事な早さで八名揃って姿を消したので、銀次郎も黒兵も唖然となった。

「黒兵や。何だいありゃあ」

「さあ……」

言葉短く答えた黒兵は、笑いを堪えながら、懐剣に柄袋をかぶせた。

「一応は刺客のつもりで忍び込んで来たのであろうな」

「はじめから、大人と子供が対峙しているような印象でございました」

「この俺が大人で？」

「はい。そして、お客様が子供……」

「だが黒兵よ。あの八名はおそらく幕臣だ。それも鍛え不足が著しい幕臣と俺は見た」

「仰せの通りかと思います。腰に凜とした張りがございませんでした。けれど履いていた雪駄草履は安価な物ではございません。かと申して、将軍家の親衛隊として知られる五番勢力、大番・書院番・小姓組番・新番・小十人組などの御歴歴が履くものとも違うてございました」

「ほほう、さすがは黒兵凄い。そこまで検ていたとはな……では、あの八名、何者だと思うのか」

「少なくとも**武の者**ではないような気が致します」

「図体の馬鹿でかい者が三名いたが、あれも**武の者**ではないと言うのか？」

「はい。八名が八名とも、たぶん**文官**ではないかと思いまする。そこそこ腕の立つ」

「なに、文官？……そこそこ腕の立つ文官の刺客だったと言うのか」

「はい。たとえば幕府内の**どなた様**かが武官（武の者）の手練を集めて暗殺団を組織したとすれば、その不穏な動きは幕府内の誰彼にたちまち察知されましょう」

「なるほど、そうよな。大番、書院番、小姓組番などの番方は将軍親衛隊としての誇りが高く、結束力も強いときている。それらの中から密かに刺客を選び出すのは、確かにむつかしい」

「はい。選び出そうとした者が、逆に危うい立場に追い込まれるかも知れませぬから……」

「しかしまあ、**どなた様**かは知らぬが、この俺に文官の刺客を差し向けたというのかえ、黒兵よ」

「黒書院様の体が毒に侵され弱っているこの機会にでもと謀ったのでございましょう」

「なあるほど……うん、そいつあ頷ける。俺も案外に甘く見られているのだのう」

「いいえ、それ程に恐れられているのだ、とお思いなされませ」

「のう黒兵や……」

「はい」

「雨戸を開けて書院へ入り、湯を沸かして茶でも点ててくれぬか。喉がかわいた」

「畏まりました。なれど艶様の墓前へ参りますことを、お忘れありませぬように……」

「うん、そうよな……それとな黒兵。俺はもう幕臣であることが面倒臭くなってきたわい。何処か目立たぬ場所に人棲まぬようになった百姓家でも見つけてくれぬか。古くて小さくともよい」

「本気で申されているのでございましょうか」

「本気だ……」

「大黒鍬の頭領である私に対し、幕府に背を向ける我儘を手伝えと申されるのでございましょうか」

「嫌か？」

「どうしても、と申されますならば……」

「ああ、どうしてもだ。思い切り、のびのびとしたいのだ。のびのびとな」

「承知致しました」

黒兵は眉をひそめた何とも言えぬ表情で力なく頷くと、雨戸を開けるため目の前の広縁に上がっていった。桜伊家の広縁は『月見幅』と称して普通の広縁よりも幅広に拵えられており、その幅広の広縁を中央で割るようにして雨戸の敷居(しきい)が、中の口（家族が出入りする小玄関）の手前まで走っていた。

長く続いている雨戸を四枚だけ開けて書院へ日の光を入れた黒兵が、沈んだ視線を銀次郎へ向けた。

銀次郎は、苦笑を見せて言った。

「黒兵。もうよい。お前は矢張りここから城へ戻って、大黒鍬(だいくろくわ)の頭領としての御役目に就(つ)け。俺のことは、もう気にしなくてよい」

「古くて小さな百姓家は、見つけなくとも宜(よろ)しゅうございましょうか」

「いや、それは是非とも探してくれい。急いでな」

「あの……今の御役目を本気で辞する……と？」

「そのようになる可能性は、小さくない……正直のところ、近頃の俺は少し弱気になっておる」

「きっと……毒矢を射られたゆえの、一時的な弱気でございましょう」

「うむ」

「判(わか)りましてございます。今のご体調とお気持を考えた上で、隠(かく)れ住居(ずまい)としてお探し致しましょう」

「すまぬ……」

銀次郎は申し訳なさそうに小声で言うと黒兵を広縁に残して、ツツジの植込が目立つ庭を北側に向かってゆったりと歩き出した。

ものの二十間ばかり進んだところで、彼の歩みは胸上の高さくらいの霧島ツツジ（常緑低木・高さ、時に四メートル）の生垣に阻まれて止まった。植込まれたばかりと一目で判る、びっしりと繁った真新しい生垣だった。

銀次郎の口許が不快気に歪んだ。そこは北側隣地（空地）との境界に当たるところで、つい最近までは桜伊家の土塀があった。

その土塀を取り壊し、北側隣地をも桜伊家の敷地に加えて三千石幕僚に相応しい敷地化を計ったのは、老中若年寄会議つまり幕府である。

それが再び、もとの敷地に戻っていた。霧島ツツジの向こうに窺える北側隣地（空地）はガラアーンとして寂し気であった。

「まったく、この俺の何が気に入らなくて、やっておることよ……掌を返したようによう」

銀次郎は呟くと、霧島ツツジの生垣をひと撫でする仕種を見せて、踵を返そうと体の向きを戻した。

彼の表情が思わず「あ……」となった。べつに大きく驚いた訳でもない。広縁に居た筈の黒兵の姿がいつの間にか消えていた。

筆頭目付（和泉長門守・銀次郎の伯父）の御役目上の緊急命令でも出ていたのであろうか。

銀次郎は口許に笑みを浮かべて広縁に上がり、霧島ツツジの方を眺め「薄紅色の花が咲き誇ったならば、さぞや綺麗な**花壇**になってくれることだろうよ」と呟いた。

霧島ツツジは古から**花壇**をつくるためなどに栽培されてきた。

江戸時代の造園史料としては『**花壇**綱目』（天和一年・一六八一）が知られているが、**花壇**という表現は**この書で初めて**用いられたものだ。おそらくきちんとした造園史料としては、最も古いのではないだろうか。霧島ツツジは、この書にも登場している。

十八

銀次郎は目を醒ました。

いい気分で寝床から出て滑りの悪い障子を開けると、目に眩しい朝陽と共に肥しの微かな臭いが寝間に入ってきた。

彼は濡れ縁に出て朝陽を体いっぱいに浴び、両手を思い切り上げて背のびをした。

いい気分だった。

三方を青田に囲まれた、幕府の小石川**御薬園**にほど近い大きめな百姓家だった。

因に、この小石川**御薬園**には開設→廃園→再開の変遷がある。簡単に述べると、幕府、寛永十五年（一六三八）小石川音羽に薬園を開設、園監には朝廷の典薬頭として名家中の名家と称された『**半井氏**』系列の**山下宗琢**に辞令→護国寺を同地に建立のため天和元年（一六八一）廃園→薬草類を麻布広尾の薬園に移植→貞享元年（一六八四）再び廃園→薬草類を小石川の地へ戻し**小石川御薬園**と称す。

銀次郎が**小石川御薬園**を彼方に眺めるこの百姓家に入って、六日が経(た)っていた。

表立って濃(こま)やかな手配りをしてくれたのは、男黒鍬衆の若い二人であって、何故か黒兵はまったく姿を見せなかった。その二人の若い男黒鍬衆も、銀次郎が黒鍬の影屋敷からこの百姓家へ移った途端、それこそ煙の如く気配を消し去っていた。

以来、銀次郎にとっては何事もない、穏やかな毎日だった。竹矢来(たけやらい)で封鎖された桜伊家のことを思い出すこともない、のんびりとした日日である。体調はぐんぐんと良くなっている、と自分でも判った。

この百姓家が誰の所有であるのか、さすがに少し気にはなったが、黒鍬の手配りしてくれたことだから不信や不安については皆無だった。こういう事は彼等に任せておくのが一番、という気になっている。

銀次郎は濡れ縁に胡坐(あぐら)を組んで座り、青田の彼方(かなた)で朝の早くから立ち働いている百姓たちの姿を、彼にしては珍しい程のやさしい眼差(まなざし)で熟(じ)っと眺めた。

と、百姓家の左手へ隠れるようにして曲がっている道に、役人身形(みなり)と判る二人の侍たちが現われた。

彼等二人は垣根越しに銀次郎の前まで来ると、歩みを止めて表情を改め丁寧に一礼をしてから通り過ぎていった。明らかに銀次郎が何者であるかを承知している者の、丁寧な作法だった。

銀次郎には彼等が、小石川御薬園周辺を見廻る同心たちであろうと、見当がついている。

小川笙船（一六七二～一七六〇）という町医の極貧病人救済の建白を受け入れた幕府により設置される**小石川養生所**が御薬園内に設けられるのは時代がほんのもう少し下がってからだ（享保七年・一七二二）。その養生所は町奉行所の監理下に置かれ、医師のほか与力二名、同心十名余が詰める事となる。

台所の方から、カタコトという音が伝わってきたので、銀次郎は腰を上げた。台所へ行ってみると、野良着の老夫婦が朝餉の用意で忙しそうに立ち働いていた。

銀次郎がこの百姓家で寝起きするようになってから「台所を任された者でごぜえます」と、現われた老夫婦だった。名前を訊ねても「へえ……」と、にこにこ顔が返ってくるだけで答えない。

だから銀次郎は、老夫婦には干渉せぬようにしている。

朝・昼・夕の食事前には台所に必ず現われて、食事の用意が調うと、「今日はお風呂は?……」と銀次郎に声を掛けるなりして消えてゆく。

それの繰り返しであったが、調えてくれる食事は旨いものにうるさい銀次郎の口に、合っていた。但し、銀次郎は贅沢な食事を望むようなことはしない。求めるのは味だ。

銀次郎が台所へ顔を出すと、老夫婦は「おはようごぜえます」とにこやかに腰を折った。

愛想は悪くないし、礼儀も心得ている。

「一つだけ訊きたいのだが……知っているなら教えてくれ」

銀次郎が切り出すと、鍋をのせた竈の炎をみていた老爺も、俎の上に糠漬を寝かせた頭が白髪で真っ白な女房も体の動きを止めた。

「この百姓家の持主に家賃を支払いたいのだが、家主の住居を知っているなら教えてくれぬか」

「さあ、手前どもには、ちょっと……へい」

申し訳なさそうな老爺の答えは、銀次郎が予想した通りのものだった。

「そうか、うん」

銀次郎は頷いて濡れ縁へ戻ると、踏み石へ足を下ろし、雪駄を履いた。

彼は丸腰のまま生垣の外へと出た。刺客に襲われはしないか、というような不安は殆どなかった。ここ数日の百姓家における生活で、土を耕して生きてみるかあ、という気になりかけている。朝、目覚めて障子を開けると、日が降り注ぐなかで早起きの百姓たちは既に元気に鍬を振るっている。その百姓たちから刺激を受けている銀次郎だった。

百姓中心の世界とも言えるその田園の光景が、血みどろの闘いに明け暮れてきた銀次郎には、たまらなく新鮮に見えた。とりわけ、生垣の外の通りに接してある灌漑(かんがい)用の『蝶が池』が、朝陽(あさひ)を浴びて銀色に輝く光景に、彼は毎朝目を奪われた。『蝶が池』の名は、池の形が蝶が羽を広げたように見えたから、彼が勝手に名付けたものだ。真っ直ぐに伸びる畦道(あぜみち)を軸として、その畦道の左右に蝶が羽四枚を広げているかのような灌漑用の池だった。

銀次郎は、蝶の羽に挟まれた畦道を、彼方で立ち働く百姓たちに向かって歩き出した。

農作業の邪魔にならぬよう、ちょっと話を交わして戻るつもりだった。

彼には非常に新鮮に見えて仕方がない、百姓たちの立ち働く姿であった。

けれども彼の歩みは、蝶の羽を通り過ぎたところで立ち止まって振り返った。

軽快な蹄の音が聞こえてきたのである。それも単騎と判る。

銀次郎が、その蹄の音が伝わって来る方角を見守っていると、隠れ住居の左手にある枝を大きく張った銀杏の巨木の下に、白と黒の斑の馬が勢いをつけてあらわれ、荒荒しく嘶いた。

馬上の身形あまりよろしくない浪人態が、嘶きと同時に前脚を上げかけた馬を、手綱で巧みに抑えた。それだけでも馬術に達者と銀次郎には判る。

馬上の浪人態がこちらを見ているので、銀次郎は畦道を戻り出した。

馬が隠れ住居の前まで来て、銀次郎を待った。

銀次郎は馬に近寄ってゆき、馬上の相手を睨みつけた。五尺七寸以上はある銀次郎が見ても「でかい……」と判る偉丈夫だった。

銀次郎から切り出した。

「俺に用か？」

「いや、べつに……」

「ともかく馬上から下りろ」

「それが礼儀……と言うのか？」

「不満なら直ぐにも引き返せ」

銀次郎が馬の尻を引っ叩こうとする動きを見せるや、相手は「待て……」と言いざま馬上からひらりと下りた。身軽だ。

馬がまた嘶いて、歯牙を露に見せた。余程に力任せに走らされたと見える。

「おお、よしよし。日頃余り外を走らせて貰っていなかったようだのう」

銀次郎は馬の頬を撫で、鼻筋や目の付近を軽くさすってやった。

馬は首をタテに強く二、三度振ったあと、体から空気が脱けてゆくかのように大人しくなった。

「ふうん。お主、馬の扱いに慣れておるのう」

「もう一度訊く。俺に用があって来たのではないのか。ならば名乗れ」

「**よりかた……**」

「よりかた……で、姓は？」

「勘弁してくれ。その日暮らしの浪人に、姓などはあって無きが如しだ」

「その日暮らしの浪人が、これほど手入れの行き届いた毛並よい馬を持てる筈がなかろう」

「判るのか。よく手入れされた馬だと」

「当たり前だ。それにこの馬は、お前を尊敬しておらぬな。手荒く扱っておるのだろう」

「ははは、こいつは参った。実はこれは盗んできた馬でな……」

「もうよいわ。帰ってくれ。わずらわしい」

「馬に水を飲ましてやりたいのだが、頼めるか」

「家の裏へ回れば井戸があるから勝手に飲ませろ、よりかた殿とやら」

銀次郎はそう言い終えるや、隠れ住居（ずまい）の土間口を入った。

細長い土間を挟むかたちで台所と向き合っている板間（いたのま）に、朝飯と食後の茶が膳の上にきちんと調えられていた。下働きの老夫婦の気配はいつも通り、既に消えている。

銀次郎は朝飯がのっている傷《いた》みの目立つ古い膳を持って、濡れ縁へと移った。

「そうら、たっぷりと飲め」

という声が井戸がある土間の裏手の方から聞こえてくる。

（彼奴《あやつ》、二十八、九というところか。わざとらしく薄汚れた形《なり》をしているが……おそらくは何処その大身《たいしん》家の無頼な二男坊か三男坊……）

銀次郎は胸の内で呟いて箸《はし》を取り、先ず味噌汁を啜《すす》った。

「うまい」

銀次郎は思わず目を細めた。汁の底に蜆《しじみ》が六つ七つ沈んでいた。百姓を生業《なりわい》にしているに相違ない下働きの老夫婦は、蜆《しじみ》の他に田螺《たにし》の味噌汁を作ってくれたりして、その旨さで銀次郎を喜ばせた。この隠れ住居《ずまい》へ移ってまだ日が浅いというのに、銀次郎は老夫婦の質素だが味付上手な朝昼夜の三食にすっかり魅了《みりょう》されていた。

ついでに述べれば、この時代の蜆は大和蜆《やまとしじみ》（河口や干潟で産）、瀬田蜆《せたしじみ》（琵琶湖で産）、真蜆《ましじみ》（九州、四国、ほか西日本一帯で広く産）の三種がよく知られており、いずれも美味である。

田螺（たにし）では、マルタニシ（日本全域の水田や湖沼で産。美味）、ナガタニシ（琵琶湖特産、美味）の他にヒメタニシ、オオタニシなどが知られるが、現代社会においては**人体に毒**と判っていながらも農薬、殺虫剤、除草剤が当たり前のように使われていることから、田螺は絶滅状態と言葉を強めてもよい程に激減している。今や絶滅危惧種だ。

銀次郎が飯を頬張り漬物をポリポリと噛み鳴らしているところへ、件（くだん）の浪人と馬が戻ってきた。

「お、朝飯か……」

浪人は馬の手綱を引き引き濡れ縁に近付いてきた。

「旨（うま）そうな漬物だな」

厚かましく濡れ縁に腰を下ろした浪人を、ジロリと睨（ね）めつけた銀次郎であったが、

「食（く）え……」

と、漬物の小皿を浪人の方へ軽く滑らせると、飯碗と箸を膳に置いた。

「そうか。すまぬな」

浪人はニッと笑むと、漬物をカリカリと鳴らし出した。当たり前みたいな顔つきをしている。

「こいつあ旨い。こんなに旨いものは食ったことがない。生まれて初めてだ」

「嘘をつけい……」

「本当だ。漬物を漬けるのに相当な年季が入っておる。そうと判る旨さだ」

聞いて銀次郎のきつい目配りが、少し緩んだ。銀次郎も同じ思いだったからだ。

「おい、お前……」

「ん？」

「名は何という？」

「先程、**よりかた**、と名乗ったではないか」

「お前、実はこの俺に会いに来たのではないのか。ならば正直に答えろ」

「誰かが馬に乗って会いに来るかも知れぬほど、お前様は偉い御人なのか。いつもそのような気構えで生活しておるのか。まだ名前も聞いてはおらぬが」

「銀次郎だ」

「姓は？」

「ふん、姓などはあって無きが如しだ」

「あはははっ……」

自分が銀次郎に対して先程応じたのと全く同じ答えが返ってきたので、浪人は高笑いをして立ち上がった。緩(ゆる)い帯に通してあるのか、見るからに古びた二刀がぷらんぷらんと泳いでいる。

「俺は銀次郎殿がすっかり気に入った。それに漬物も旨い。また遊びに来てもよいかな」

「勝手にしろ」

「判った。では勝手にさせて貰おう」

浪人**よりかた**は頷くと、ひらりと馬上に跨(また)がるや「ゆけっ」と掌で馬の首筋を叩いた。

銀次郎は離れてゆく人馬を目で追うこともせず、膳の上の飯碗と箸を再び手に取った。

彼は、予想もしていなかった。

突然に現われた浪人**よりかた**が、己れの人生を更に激しく揺さぶる、ということに。

それはまさに〝激動の人生〟と呼ぶに相応しいもの……となる筈であった。

朝飯を済ませた彼は、温くなった茶を味わった。温めの茶を彼は嫌いではない。

静かな気分で四半刻ばかり過ごしたとき、背後でカタッと微かな音がしたので、残った漬物の一片を口に入れた銀次郎は、左の手にしていた湯呑みと右手の箸を膳に戻して振り返った。

板間でこちらを向いて黒兵が正座をしており、美しい作法で頭を下げた。

黒兵の背後には、配下の女黒鍬であろう、女中身形の二人が控えていて、これは頭を下げずに銀次郎と目を合わせた。

自分たちの顔を確りと見覚えておいて貰うため、と銀次郎には直ぐに判った。

銀次郎が黙って頷いてみせると、女中身形の二人は揃って平伏してから静かに立ち上がって、何処へともなく姿を消した。

「久し振りだな」

銀次郎が声を掛けると黒兵は漸く面を上げ、ゆっくりとした動きで濡れ縁の傍に移った。

「ご不自由はございませんでしたでしょうか」

黒兵のその言葉と様子に、浪人**よりかた**の出現には気付いていないな、と判断した銀次郎は、**わざわざ打ち明けずともよい**、と咄嗟に判断した。

「不自由はあったぞ……」

「下働きの老夫婦に改めさせまする。して、どのような点がご不自由でございましたでしょう」

「お前の居(お)らぬことが、何よりの不自由であった」

「申し訳ございませぬ。私は日日、御役目を持つ身でありますれば……」

「冗談だ。気にするな。二人の女中風を従えて参ったな。この百姓家へ置く積もりなのか」

「はい。幸いなことにこの百姓家、いいえ、この隠れ住居(ずまい)には幾つも板間(いたのま)がございます。お許しが戴ければ、二人の女配下と共に下働きの老夫婦も、この家(や)に住まわせたいと思うてございます」

「俺はべつに構わぬが……」

「有り難うございます。では明日からそのようにさせて下さりませ」

「うむ。判った……お前、今日は一日、ここでゆっくりと出来ぬか」

「それよりも、肩のお傷を診(み)させて下さりませ」

「いつもそれだ。うまく話を逸(そ)らしよる……」

「失礼いたします」

黒兵は銀次郎との間を詰めると、彼の襟刳(えりぐ)りを開いて右掌(てのひら)を肩の傷口へ差し入れた。

銀次郎は間近にある黒兵の顔を、しみじみと眺めた。

「お前……近頃ますます綺麗にしかも妖しくなってきたのう」

「傷口そのものはすっかり治ったと申して宜しゅうございましょう。木剣の素振りを少しずつなされても、心配はございませぬ」

自分の言葉を外されて銀次郎は思わず苦笑すると、

「お前が一生懸命に看病してくれたお蔭だ。改めて礼を言う」

銀次郎は真顔に戻して、頭を下げた。

黒兵が微笑んだ。

銀次郎の両手がごく自然に伸びて黒兵の頬を挟むや、自分から顔を近付けた。

「もう一度言うぞ。今日は一日、此処でゆっくりとしてゆけ。頼む」

「黒書院様……」

「なんだ？」

「艶様がお亡くなりになられた月参り（月命日）は、決してお忘れになられてはいけませぬ」

「判っておる」

「これからは、月参りを七度済ませるまで指一本、私に触れないで下さりませ」

「七度？……」

「はい。それが我が生家の曲げることの出来ぬ戒律でございます。この生者と死者にかかわる戒律を犯せば女性とは申せ私は生家へ戻り切腹いたさねばなりませぬ」

「なんと……」

銀次郎の両手が、漸く黒兵の頰から離れ、近寄せていた顔もすうっと後ろへ下がった。

彼は、しんみりとした口調で訊ねた。

「いつであったか、お前の生家は何処だ、と訊ねたことがあったが……今日も教えては貰えぬのか」

「はい」

「ならば伯父（筆頭目付・和泉長門守）に訊いてみるかな」

「御支配様（筆頭目付）も御存知ではありませぬ。黒鍬の女頭領ごときに関心を抱かれたのは、黒書院様が初めてでございます。どうかお慎み下さりませ」

「お前が妖しく美し過ぎるから、いかぬのだ。俺の責任ではない」

「そのように頑是無いことを申されるものでは……」

「黒兵、お前の手が俺の体に触れるのは、どうなのだ。問題ではないのか。さきほどお前は俺の傷口に触れたぞ」

「黒鍬は傷病の手当にすぐれてございます。手当を目的として誰彼の体に触れることは、戒律には触れませぬ」

「まるで俺を避けるために突然出来たような都合のよい戒律ではないか」

「黒書院様。そのように御無体なことを申されて、私を苦しめないで下さいませ」

銀次郎を見つめる〝強者〟黒兵の目が、みるみる潤み出した。一瞬女であることを覗かせた涙なのであろうか。

「そうよな。俺はこうしてお前を目の前にすると、つい甘えたくなる。許してくれ」

銀次郎は自嘲的な調子で言い、口許に苦笑を浮かべた。

十九

銀次郎の隠れ住居からその日の内に黒兵が去って、何事もない平穏な三日が過ぎた。

この三日の間に、銀次郎は身傍に仕えてくれることになった黒兵の二人の女配下の名を、**滝**、**浦**、と知った。

また下僕の老夫婦も**杖三**に**コト**と判った。黒兵が隠れ住居から去った後、いずれも四人自ら名乗ったもので、銀次郎から問うたものではない。黒兵の指示に従ったものであろうか。

滝と**浦**は、一日のうち滅多に銀次郎の前に姿を見せなかった。住居（すまい）の内と外で何やら忙しく立ち働いている気配はあったが、呼ばぬ限りは現われない。

杖三と**コト**も、仕え方がこれ迄とは違った。これまでは、朝・昼・夜の食事を調えるときと風呂を焚（た）くときは何処からともなく現われ、役目が終ると何処やらに在（あ）る住居（すまい）へと帰ってゆく。

その老夫婦が、この家（や）に住むようになって殆ど一日中、銀次郎の目にとまるようになった。

コトなどは頼まなくとも、銀次郎のもとへ飲み心地よい熱さの茶を、しばしば運んできてくれるようになった。この茶を、なんとも旨いと感じて目を細める銀次郎だった。

四日目になって銀次郎の動き様（よう）に大きな変化が訪れた。

「**滝**、**浦**、きてくれ」

朝餉を済ませた銀次郎は総楊子（ふさようじ）（柳の小片を毛状（もうじょう）になるまで叩いて柔らかくしたもの）で歯を丹念に磨いたあと口中を塩水で清めると、座敷に入って女黒鍬二人の名を呼んだ。

座敷はこの家でたった一つの畳部屋で八畳の広さがあり、小さく粗い造りなれども床の間が付いていた。

銀次郎が床の間の刀架けに横たえた大小刀を腰に帯びたところへ、**浦**ひとりが姿を見せた。

銀次郎は**滝**と**浦**が、黒兵の配下にある、という事しか知らない。それ以外には関心を抱かぬようにしていた。ただ、**滝**も**浦**もおそらく二十代で、滝の方が年上であろうという見当はついている。

「**滝**はどうした？」

「ただいまお頭様（黒兵）より報せの者が参り、納戸にて報告を受けてございまする」

「緊急の報らせか？」

と言いつつ銀次郎は、濡れ縁に出て大刀の柄を軽く押さえて座した。柄を押さえたのは、鞘尻が濡れ縁をこするのを防ぐためだ。

「判りませぬ。直ぐに**滝**様が此処へ参りましょう」

と、浦が言ったところへ、**滝**が素早い摺り足で現われ、まず丁寧に平伏の作法を取った。

「滝、黒兵からの報告が参ったとな？」

「はい」

「申せ」

「昨日の夕刻、黒書院様の御屋敷を封印いたしておりました竹矢来が、慌ただしく解かれたそうにございます」

「ほう。して誰の手によって解かれたのだ」

「我ら黒鍬の御支配様でいらっしゃいます筆頭目付**和泉長門守**様の御手によってでございまする」

「なに。我が伯父の手によって解かれたと申すのか」

「左様でございます。但(ただ)し、竹矢来を解くように厳命なされたのは、上様でいらっしゃるとの事でございます」

「上様が……」

と、銀次郎の目が鋭く光った。

「竹矢来による封印は、上様ご存知の上でなされたものではないのか」

「そのあたりのことは黒鍬上層部でも把握できておらぬようでございます。ただ、黒書院様の御屋敷が竹矢来で封印されていることを知った上様は、新井白石様に対して激しいお怒りを見せられ、直ちに竹矢来を解くよう命じられたとのこと」

「なるほど。その上様命令が新井白石様から伯父へと言い渡されたか……」

「黒書院様の御屋敷が竹矢来で封印されたことは、上様にかなり衝撃を与えたようで、すっかり元気を失くされていると申します」

「そうか……我が屋敷を竹矢来で封印するように命じたのは、誰であるのか黒鍬でも見当ついておらぬのか」

「それに関しましてはお頭様より何の報告もありませぬゆえ、この**滝**の口から申し上げることは何もございませぬ。また臆測で私見を口に致すことは厳しく禁じられてございます」

「うむ。判った」

「それからこれを、筆頭目付様より黒書院様へと、お預り致してございます」

滝はそう言うと、青い袱紗(ふくさ)に包まれたものを着物の袂(たもと)から取り出し、銀次郎の前に置いた。

「なんだ？」

「何が包まれているのか、使いの者は知らされてはおりませんでした」

銀次郎は、袱紗包みに手を伸ばした。

金(かね)であると直ぐに知れた。またガサッとした手ざわりで、何やら文書のようなものも入っていると判った。

「暫(しばら)く下がっておれ」

銀次郎に命じられて、**滝**と**浦**はコトリとした音を立てることもなく下がっていった。

銀次郎は袱紗包みを開いた。

矢張り金子(きんす)と文(ふみ)（手紙）であった。文は伯父（筆頭目付、和泉長門守）からのものだ。

内容は簡潔で短いものであったが、読んだ銀次郎の表情は「えっ……」と驚いていた。

金子は百両あって、なんと「月光院(げっこういん)様からの御見舞である……」と、伯父は認(したた)めている。

「月光院様がこの俺に百両も？……」

呟いて銀次郎は、はて？　と首をひねった。百両もの見舞を頂戴するほど御役目上も私的な面でも全く昵懇な間柄という訳ではない。

けれども幼君を、一定の間を隔てて弟のように御盾役（身辺警護）のつもりで面倒を見てきたことから、

「上様の生みの母として、それへの感謝のつもりか……」

と、思うほかなかった。

伯父の文は、桜伊邸の竹矢来云云には触れていなかった。**加河黒兵**（全黒鍬組織を統括する凄腕の女頭領）に見守られて別命有るまでのんびりと体を安めよ、で文は終わっていた。

「別命あるまで……と来たか」

呟いて銀次郎は立ち上がり、切り餅を無造作に文机の上の手文庫に納めたあと、**滝と浦**の名を呼んだ。

現われた二人の女黒鍬に、銀次郎は訊ねた。

「言葉を飾らずに聞いておきたい。二人は俺の前身を承知しておるのか」

「はい、拵屋稼業ならば、二人とも承知してございます」

滝が神妙な面持ちで答え、**浦**は小さく頷いてみせた。

「うむ。その拵屋稼業のな、足跡を少し辿ってみたいのだ。いや、先に縁の者の墓参りを済ませたい。二人の内のどちらか、供をしてくれ」

「お供でございましたなら私よりは、**浦**をお連れ下さりませ。**浦**は男黒鍬衆にも走る速さでは負けませぬ。また礫撃ちの名手でござりますゆえ」

「礫撃ち……とな?」

「はい。道端に小石さえ転がっておれば、それが**浦**の武器となりまする。大男の武者であろうとも、**浦**の礫撃ちの一撃をまともに浴びると昏倒いたしましょう。当たり所によっては、命を失いまする」

「ほほう、それは頼もしい。では**浦**、付き合うてくれ」

「畏まりました」

銀次郎と**浦**は、**滝**に見送られて隠れ住居を出た。

少し行くと畑中で大根や青菜を取っていた杖三とコトが銀次郎に気付き、丁寧に腰を折って笑顔を送ってきた。

「夕方までには戻るからな……」

銀次郎はそう告げて、小さく頷いてみせた。

「**浦**、そう後ろへ下がらず俺と並んで歩け」

「なれど……」

「たまには黒鍬者であることを忘れろ。さあ、俺と並べ。兄と妹のように手をつないでもよいぞ」

「ふふ……」

含み笑いを漏らして**浦**は、銀次郎と並んだ。着ているのは質素な女中風の着物であったが彼女にはあまり似合っていなかった。背丈は五尺五寸余（一六五センチくらい）、女としては大柄だ。それに日焼けした顔の中で光っている双つの目が、細く走ってやや吊り上がっている。つまり優しい顔立ちではない。どことなく凄みのある顔、そう言う表現が似合っていた。

「**浦**よ」

「はい」

「お前、生家は何処だ」

「私に生家などはございませぬ」

「ん？」

「黒鍬は雑用の者、工事請負の者、荷駄請負の者などと呼ばれてございます。つまり表に出てはならぬ身でございますれば、生家(さと)などと申すものは……」**腰に帯びるのは原則としてやや長めの脇差(わきざし)しか認められておりませぬ。**

「おいおい止(よ)さぬか。俺はお前と身分論争をするつもりなど、ないぞ。勘違(かんち)いを致すな。黒鍬の**表の顔**が雑用係だの何とか請負だのと称されておることは百も承知だ」

「申し訳ございませぬ」

「謝ることはない。俺はな、場合によっては命を賭(と)して御役目を全(まっと)うせねばならぬ厳しい立場の若いお前が、一体何処の生まれなのかと、ふっと思っただけなのだ」

「黒鍬は自分のことを語ることを、許されてはおりませぬ。黒鍬の組織について語ることも、なお許されてはおりませぬ。黒鍬の下位の者ほど、規律は厳しく守らねばなりませせぬ」

「俺は今日(こんにち)まで黒鍬の総員を四百名余と承知してきたつもりなんだが……」

「…………」

「おい**浦**よ。違うのか、今日まで俺は四百名余の大組織と黒鍬を眺めてきたのだ。まさか幕僚の誰もが、黒鍬の実体を知らぬのではあるまいな」

「一つだけ、お答えさせて戴きます。但し黒書院様のお胸深くに、止め置き下さりませ」

「判った。約束する」

「黒鍬の組織は男女合わせても、実は四百名にはまだ達してはおりませぬ。黒鍬の圧倒的な力を知らしめる目的で、四百名と言い広めてきた嫌い（傾向）はございます。ただ、真の構成員は、**宝永・正徳の時代**に入って急激に増え出してございます。あと三、四年の内にはおそらく四百名に達するか、それを超えるものと思われます」

「増えた部分の黒鍬衆というのは、主に何処の地域から受け入れておるのだ。それくらいは教えてくれてもよかろう」

「圧倒的に尾張黒鍬衆でございます」

「なに。御三家の一、尾張の黒鍬衆が増えていると申すのか」

「はい。とくに尾張国・知多郡の出身の者が目立ちましてございまする」

「尾張国知多郡……おい**浦**よ……知多郡と言えば確か秀れ者が多いことで知られる**尾張忍びの里**……が在ったのではないか？」

「あの、黒書院様……」

「おっと、すまなんだ。いささかお前を追い詰めてしまったかな。あれこれ訊くのは、この辺りで止そう。俺は口が堅い。誰にも漏らさぬゆえ安心せい」

「恐れ入ります」

「今日は何処ぞで、旨い天麩羅うどんでも昼に馳走してやろう。嫌いか？」

「いいえ、大好きでございます」

「よし、決まった。その前に、先ず**艶**の墓へ付きおうてくれ。**艶**……この名、**浦**は存じておろうな」

「はい。黒書院様の奥方様になられることがお決まりになっていた今は亡き御方であると、お頭様（加河黒兵）より伺ってございます」

「うむ……最初の墓参には、黒兵が心を込めて付き合うてくれた。今回で二度目の墓参になる」

言ったあと銀次郎は、深深と頷いてみせた。己れの言葉に対して、その通りである、と頷いてみせることが、一層のこと艶の供養になるという強い思いがあった。

二人は穏やかな会話を交わしながらも、速めな歩みで進んだ。

銀次郎の小石川の隠れ住居（以降、隠宅と称する）から、艶の墓がある室町真安禅寺派の大本山・真安禅寺までは、並の者ではない銀次郎と浦にとって歩き疲れる程の距離ではない。

この真安禅寺は、幕府の重臣大番頭六千石津山近江守忠房の菩提寺であって、その津山家の墓に〝津山家の娘として〟艶が埋葬されていることについては既に前述した。

銀次郎と浦は寺の三門を潜ってひっそりと静まり返った境内に入ると、古いが美しい拵えの鐘楼の手前を右に折れ、真四角な造りの解脱堂（真安解脱堂）の前を過ぎ、人の姿ひとりとて無い広大な梅林への細道に入って行こうとして思わず歩みを休めた。

控え目な大きさの立て札に、立ち入るを禁ずる、と記されているのに気付いたからだ。

「これは困ったな……」

「お頭様からは、この梅林の奥に梅見門と称します杉皮葺の小拵えの門があって、それが大身旗本大番頭津山家のお墓に近い入口だと教えられてございます。そのお墓に艶様が……」

「うん。その通りだ。配下の者に対する黒兵の教育というのは、真にきちんと致しておるのう。しかし、この立て札にはちょっと困ったぞ」

「立て札を無視して進みましょうか」

「さあてなあ。お前はこの梅林で、黒兵が刺客に襲われたことについても、聞かされておるのか?」

「はい。聞かされてございます。選りに選って我らのお頭様に襲い掛かるなど、無謀にも程があります」

「この立て札はひょっとすると、血が飛び散った黒兵と刺客の争い事が原因で立てられたものかも知れぬぞ」

銀次郎が呟くようにして言ったとき、後ろでパキッと落ち枝の踏み折れるような音がしたので、二人は振り返った。

「墓参に見えられたのかな？」

と、にこにこ顔で近付いて来たのは、当寺の老住職学庵(がくあん)であった。

「はい。左様でございます」

と、すかさず笑顔でやわらかく返したのは、浦であった。

「どちらの墓へ参られますのじゃ。聞かせて下され」

「大番頭六千石近江守津山家の墓所に参るところでございます」

「ご夫婦でいらっしゃるのかな」

「はい。夫婦揃って参らせて戴きます」

「うんうん、ではゆっくりとお参りしてきなされ。これはもう要(い)らぬな」

学庵はそう言うなり、すたすたと銀次郎・浦の〝夫婦〟の間に割って入り、立て札に近寄るや簡単に引き抜いて立ち去った。

「おい。とうとう夫婦にしてしまったのう」

「申し訳ございませぬ。口から咄嗟(とっさ)に出てしまいましてございます」

「ははは っ。ま、いいか。艶(えん)も笑って見逃がしてくれよう」

「はい……」

銀次郎は**浦**を促して、梅林へと入っていった。

「この梅林で黒兵に襲い掛かった何者かの正体については結局判っておらぬのだ」

浦は答えなかったが、目配りがきつくなっていた。万が一の場合には、銀次郎の盾となって守らねばならぬ、という目配りであった。

暫く広い梅林を進むと、梅見門が見えてきた。

「黒書院様。私、先に墓地へ入らせて下さりませ」

「嫌な予感でもしているのか」

「いいえ。そういう訳ではございませぬが、念の為に……」

「まあよい。一緒に参ろう」

銀次郎は前に立って梅見門を潜り、目つき険しい**浦**がその後に続いた。

次の瞬間。

矢のような、まさに矢のような異変が爆発的に生じた。

ビヨッという鈍い羽音が、鋭い小さな光を発しながら凄まじい勢いで二人に襲い掛かったのだ。

転瞬！

浦は銀次郎の腕力により、投げ飛ばされていた。

くるりと宙で**浦**が反転。

着地した目の前の小石を摑んだ彼女の鼻前を、二本の矢が光となって飛び過ぎ、墓石に当たって鈍い音と共に炸裂。銀次郎に投げ飛ばされていなければ、一矢は**浦**を貫いていた可能性があった。

が、寸陰を待つことなく**浦**が、右腕を大きく上から下へと振って、小石を投げた。

銀次郎はこのとき奥の墓石の陰に認めた複数の人影に向かって、韋駄天の如く地を蹴っていた。

そして抜刀！

その銀次郎の左肩に**浦**の放った小石が追い付き、追い抜いて、今まさに第二矢を撃たんとしていた侍の鼻上に激突した。そう、激突そのものだった。ガッという鼻骨の砕ける音。

「げえっ」

矢を宙へ放り投げた侍が悲鳴をあげ、もんどり打って仰向けに倒れる。

そこへ銀次郎が百鬼の形相で躍り込むや上体を沈め、弓矢を身構えるもう一人の侍の腋へ、捻るが如く無外流『刃返し』を放った。別に『すくい斬』とも称する、下から上へと掬い上げるように捻り斬る二連打だ。

「があああっ」

骨肉を断つ音と共に弓矢を構えた其奴の両腕が、肩から離れ高高と天に舞った。

「おのれっ」

と向かってきた新たな相手を、銀次郎が訳もなく袈裟斬で沈め、浦も礫撃ちで二人目を倒していた。その礫が相手の眉間に深深と埋まったままだ。

残った刺客は一人。身形正しい偉丈夫であった。顔を覆面などで隠すようなことはしていない。身形が悪くなく覆面をしていない、という点では既に倒された他の四人の刺客も同じだ。

偉丈夫が、ゆっくりと羽織を脱ぎ、きちんと折り畳んで傍の墓石の上に置いた。

落ち着いた穏やかな動きではあったが、双つの目はきつい光を放っていた。それはそうであろう。四人の仲間がアッという間にやられたのだ。

「名乗れ。一体何者だ」

どうせ答えぬだろうと思ったが、銀次郎は問うた。

「………」

矢張り相手は答えなかった。答えるかわりに大刀を静かに、実に静かに抜き放って正眼に身構えた。かつてない程の恐ろしい激闘になるとは、この時の銀次郎はまだ予想だに出来ていなかった。

浦は銀次郎の左手方角に離れ、ひときわ大きな墓の脇に立って五体の動きを止めていた。

礫撃ちは、標的からある程度離れていた方が、飛翔によって打撃力を増すからだ。

「**浦**よ。決して手出しはするなよ」

銀次郎に告げられ「はい」と応じた**浦**ではあったが、右の手に握りしめた小石は手放さなかった。彼女の目は、偉丈夫の耳の下に、熟(じ)っと注がれていた。**浦**が日頃から〝急所〟としているところだ。

二十

銀次郎は血刀を下げたまま、正眼に構える偉丈夫の足構えに注目した。

銀次郎の刀の切っ先からは、血滴がポタポタと垂れて止まない。浦は息を呑んで二人を見守った。小石を摑んでいる掌からは、緊張のためであろう汗が滲み出している。

銀次郎はまだ身構えない。浦の目には、危険な無防備、と見えた。

（いつの間に脱いだのか？……）

銀次郎は胸の内で呟き、相手の足構えから目を離せないでいた。相手はいつの間にかひと目で上物と判る雪駄を脱いでいた。

二人目を電光石火斬り倒した瞬間の銀次郎は、視野の端で偉丈夫の足許をチラリとだが確かめていた。多数を相手として二人……三人と斬り倒した際、次に予測される敵の足構えは一瞬のうちにも確かめておく、それが『無外流銀次郎剣』

の鉄則となっていた。防禦のためではない。攻撃のための鉄則だ。**間を置かぬ戟打**のために不可欠なのだ。

相手の足指十本が**くの字状**となって、土または雪駄の表面を強固に嚙んでいるか、それとも**逆くの字状**となって今まさに爪先立たんとしているか、によって銀次郎の攻守の形は戦闘の最中に変わってくる。そう、戦闘の最中に変わってくるのだ。寸陰を惜しむが如きその**変化の連続**こそが銀次郎剣の凄まじい乱斬りの正体と言えた。

と、血刀を下げたままの銀次郎が、すすすと地面を滑って後退り雪駄を脱ぎ飛ばした。

それを「スキあり……」と捉えたのかどうか偉丈夫の上体が力強く、ぐいっと前に迫り出した。

刹那。

銀次郎の剣が翻って、逆刃下段の構えを取る。刃を相手に向けての下段構えであった。

相手の動きが押し止められたかのように、鎮んだ。

見守る**浦**の喉が緊張の余り、鳴った。

（互角だ……下手をすれば相打ち……）

そう思った**浦**は、小石を握りしめた掌をそろりと腰高まで上げた。しかし、下手に支援は出来ない、と思っている。その支援の動きを原因として、銀次郎の身構えと呼吸構えが乱れることも有り得る、と**浦**は理解していた。これまで自分の礫支援が災いとなって、彼女は警護を命じられていた幕臣二人を死なせている。

そういった手痛い授業料を過去の任務で支払ってきた**浦**だった。

その〝失敗〟が**浦**を成長させてきた。だからこそ頭領（加河黒兵）より銀次郎の隠宅への出向を命じられたのだ。

銀次郎も偉丈夫も全く動かなくなった。

まるで彫り物のように固まってしまっている。

（それにしても何と美しい構えであることか……）

浦は、右脚を深く引いて腰を落とし、逆下段に構えた刀身を微動もさせない銀次郎を、金剛力士に勝る迫力、と思った。

偉丈夫がジリッと小幅で二歩を詰めた。

銀次郎は凍え切った氷塊の如く動かない。

その二人の周囲で、それまで悶え呻いていた刺客たちが、次第と静かになっていく。

偉丈夫の左手後方には、大番頭六千石近江守**津山家**の墓があった。つまりは、**艶**の墓所でもある。

偉丈夫が再びジリッと二歩を詰め、大きく双眼を見開くや大上段に構えた。なんと豪壮な逆刃の大上段構えである。刃が己れの頭上僅かのところで、ぴたり静止している。

双方共に〝逆刃〟という異様な対決に**浦**は思わず震えあがった。

「うおいやあっ……」

偉丈夫が怒鳴りつけるような気合を発し、静寂な墓所に轟き渡った。

双眸は爛爛たる光芒を放ち、大上段構えの手首が力みで膨れあがっている。

（はじまる……）

浦がそう思って呼吸を止めたとき、

「何をしておるのじゃ。この罰当たりがあっ」

と、黄色く甲高い怒声が、林立する墓石の間で生じた。

何時やってきたのか、小柄な住職学庵が血相を変え、今まさに駆け出そうとしていた。

「危ない。和尚様……」

浦は叫ぶよりも速く、幕所の間を学庵の方へ身を翻した。

突然生じたその小騒ぎこそが、偉丈夫にとっては「討てっ」の合図だった。

無言のまま彼は地を蹴って、銀次郎に襲い掛かった。

ガツン。

鋼と鋼の激突する鈍い音がして青い火花が、明るい日差しの中に飛び散った。真昼の花火のように。

飛燕の如く双方とも後方へ跳び離れたが、それは次の第二撃へのひと休みにもならなかった。

「うぬっ」

と、口をへの字に結んだ偉丈夫が、銀次郎との間を詰めるや否や、風音を鳴らして大上段から斬り下ろす。

銀次郎が受けざま相手の豪刀を鋭く捻り上げた。ヒヨッという空気の裂ける唸り。

くらっと僅かに泳いだ偉丈夫の太刀であったが、銀次郎に全く休みを与えず頭上から幹竹割で打ち返し、また打ち返した。目にも止まらぬその二連打に地面が揺れる。

ギン、チャリンと双方の刃が悲鳴をあげ、火花が宙高くまで舞い上がった。

「止し……止しなされ」

学庵は叫んだが、叫びになっていなかった。老いた小さな体が、目の前の余りに凄まじい死闘に、ガタガタと震えていた。初めて目にする剣客対刺客の真剣勝負である。

浦は老僧の小さな肩に確りと手を回して抑えた。

「和尚様。もう止まりませぬ。止まらないのでございます」

浦が老僧の耳許で囁き、学庵は「罰当たりめ……罰当たりめ……」と唇をわななと痙攣させた。

偉丈夫が深く踏み込みざま、激しい突きに出た。そして引いた。もう一度覆い被さるかのようにして突く。呼吸を止め、一点を睨みつけた猛烈な速さの突きだった。狙いは相手の心の臓。

銀次郎が左胸に触れかける相手の切っ先を、辛うじて鍔で受け、声にならぬ声を発して呻いた。それは苦痛の呻きだった。

飛矢の速さで真っ直ぐに向かってきた相手の切っ先を己れの鍔で受けた際、強烈な打撃を浴びた柄頭が左胸を二度、激しく打ったのだ。

「効いた……」

と、読めぬ筈がない偉丈夫だった。次の突きが確信の〝必殺〟になる、と逸った。

彼は右の肩を後方へ強く引いた。爆発的な〝必殺〟の突きを繰り出すための、肩の引きだった。

その動作は、**浦**の目にも止まらぬ異常な速さ。

だが、〝引く〟と〝繰り出す〟の間には、避けられぬ**連結的な引き継ぎ**が存在する。

その寸陰のスキを、銀次郎の動物的な眼力は待ち構えていた。

けれども毒矢の傷は殆ど完治したとは言え、銀次郎の躍動的な筋肉は明らかに衰えている。

その自覚を失うような銀次郎ではない。刀が重い……銀次郎はそう感じ始めていた。

不意に……全く不意に彼は手にしていた太刀を手放すや否や、滑り込むように突入。相手の股間へ姿勢低くぐいっと踏み込んだ。

無刀となった相手に余りの間近へ突然迫られ、偉丈夫の右の肩を引いた構えが動揺して止まる。まさに一瞬の静止だった。

そこを銀次郎の左掌が襲った。下から突き上げるようにして烈風の如く襲った。

掌の下袋筋（手根筋）の部分が、偉丈夫の鼻に炸裂したのだ。

「があっ……」

鈍い呻きを発して顔を左へ振った偉丈夫が大きくのけ反った。鼻血が小花となって飛び散る……。それは偉丈夫にとっての悲惨な序章であり終章であった。

掌（の手根筋）で下から激打された偉丈夫の鼻は、無残にも捲れあがった。

そこを休むことなく銀次郎の右手刀が、更に下から痛烈に突き上げる。

ブンという空気の鳴動。

無外流外伝・聖拳之一『風月』の、目を見張る爆発的な威力であった。

血しぶきを撒き散らし、鼻を目の下あたりまで捲られた偉丈夫が、もんどり打って仰向けに叩きつけられる。

肉体に打たれて地面が唸った。確かに唸った。

浦が我が耳を疑う程に！

「地獄じゃ……立ち去れい」

学庵和尚が漸くはっきりとした言葉で絶叫した。余りの恐ろしい光景に、両の目から大粒の涙を流していた。

「和尚様。殺るか殺られるか、なのです。殺らなければ、正しき者が殺られます」

浦は老僧の耳許で、懸命に囁いた。

その**浦**が「あっ」と目を大きく見開いた。

顔面を血まみれとした偉丈夫が、鼻をぶらぶらとさせて立ち上がるや、またしても大上段に身構えたのだ。しかし足許は右へ左へと泳ぎ定まっていない。

銀次郎は相手の血で朱に染まった右の手で、脇に落ちていた自分の太刀を拾いあげた。

顔面血まみれの偉丈夫が血粒を飛ばして何やら叫んだが、言葉になっていない。

銀次郎は相手を見つめて大きな溜息を一つ吐いたあと、静かに偉丈夫へ歩み寄った。

無言のまま銀次郎の太刀が、一閃。

「な、なんたることを……」と学庵はその場に座り込んだ。

銀次郎は血刀を自分の着物の袂で拭き清めると、老僧学庵の前に寄ってゆき、姿勢を正して座ったあと、深深と平伏した。

何も語らなかった。剣客銀次郎が全身でもって表わした、老僧への心からの謝罪であった。

学庵が拳を振り上げ、平伏する銀次郎の後ろ首へ打ち下ろした。

だがその拳は後ろ首には達せず、宙で打ち止まって小刻みに震えるばかりだった。

「此処(ここ)を何処(どこ)と心得るか……愚(おろ)か者が」

学庵の悲痛な言葉で、銀次郎の平伏が尚(なお)深くなった。まるで泣いているかのように……。

二十一

「もういい……顔を上げなされ」

平伏して身じろぎもしない銀次郎を睨みつけていた老僧学庵が、諦めたかのように穏やかな言葉を口にしたのは、四半刻(はんとき)近くも経(た)ってからであった。

それでも銀次郎は、微動だにしなかった。

学庵は**浦**に向けて言った。

「あとは私がこの場を清めよう。寺社奉行所との遣(や)り取(と)りも巧(うま)く済ませておく。さ、この愚か者を連れて立ち去りなされ」

「はい。ではお言葉に甘えさせて戴きます」

「だが、これ一度切りじゃ。二度は無いと思いなされよ」

「はい……」

学庵はまだ動く気配のない銀次郎を一瞥（いちべつ）すると、

「急ぎなされや」

と、浦を促して、足速に離れていった。私がこの場を清める、と浦に告げた学庵である。寺に奉公する下働きの者や修行僧などを連れて引き返してくるのだろう。

急がねば、と浦は思った。

「黒書院様……」

浦が銀次郎の肩にそっと触れると、漸くのこと彼は立ち上がった。

「あの……打ち倒した者共の刀や所持している物を調べて、身分素姓（すじょう）を突き止めませぬと」

「捨て置け。どうせ何処の誰であるか判らぬに決まっている」

銀次郎は、何事もなかったかのような調子で言い切った。

墓所での争いについて、べつに後悔とか反省とか、苦悩の表情を見せている訳でもない。

浦には、どこか透き通った銀次郎の表情に見えた。

理不尽に過ぎる理不尽によって、たった一人で多数の敵を相手に全身傷だらけとなって斬り抜けてきた彼である。

騒動に終止符を打たせてからの後悔や反省になど、微塵の価値も無いと眺めているのであろうか。

銀次郎は、梅見門とは逆の方角に向かって歩き出し、近江守津山家の墓から離れた。

「あの……お墓参りを……」

と、浦が小慌てとなった。

「馬鹿を申せ浦。このように血汐を浴びた体で、津山家の墓前に立てるものか」

「は、はあ……」

「この前、黒兵と墓参に訪れた際、この墓地の裏手へ出たところに、灌漑用の綺麗な流れを見つけてある」

「それならば存じてございます」

「その清い流れで体を清めたい。いま田畑に流れを引き入れている最中なら、この汚れた体で隠宅へ戻るのを仕方なしとするが……」

「この時季ならば大丈夫でございましょう」

「そうか……」

頷いた銀次郎は歩みを休めて振り向き、大番頭六千石・近江守**津山家**の墓に向かって威儀を正すと、丁重に一礼をしてから踵を返した。

浦もそれを見習った。

広い墓地の尽きかけたあたりで、二人は梅林に入った。

「黒書院様、ご覧なされませ。あそこの小さな一枝にだけ梅の花が競い合うかのように咲いてございます」

「ほほう。これはまた奇妙な……他の梅の木とは種類が違うのかのう」

「季節はずれの梅の花を見たならば、思わぬ幸いが訪れると申します……」

「いや、それはおそらくこの私には関係あるまい。あるとすればお前だろうよ**浦**」

「まさか……この私になど」

「いや。お前は魅力的じゃ。いまに良い男が現われよう」

「有り難うございます。そのように言って戴いたのは生まれて初めてでございます」

「生まれて初めて？……もしや、お前の家は先代も先先代も黒鍬(くろくわ)であったのか？この程度の問いには答えてくれてもよかろう」

「黒鍬世襲の家に生まれましてございます」

「そうか……世襲の家になあ」

銀次郎は頷いてから付け足した。

「今日は天麩羅うどんなどではなく、何処ぞの料理屋で馳走してやろう。但(ただ)し、灌漑の流れで体を満足に清めることが出来たらの話だがな」

浦は聞いて、黙って微笑(ほほえ)んだ。

二人は梅林を抜けた。

なるほど直ぐ目の前に、灌漑用の清い流れが西から東へ向かって五〜六尺幅(はば)で真っ直ぐに流れていた。

「此処の浅瀬が丁度(ちょうど)よいな。辺(あた)りを見張っていてくれ」

「畏(かしこ)まりました」

松の木の下で歩みを止めて雪駄を脱いだ銀次郎は、腰に帯びていた大小刀と鉄扇（護身用）を**浦**の手に預けるや、彼女に背を向け無造作に着流しの小袖（こそで）と半襦袢（じゅばん）を脱ぎ、流れの中に入っていった。白い足袋（たび）を履いたまま。

浦は、彼の背中に走る何本もの痛痛しい創痕（きずあと）に思わず息を呑んだ。

銀次郎の立場を『余りにも酷過（ひどす）ぎる御役目』と承知していた**浦**ではあったが、これほどとは思っていなかった。

浦は血で汚れていない半襦袢だけを、松の小枝に引っ掛けて銀次郎に小声を掛けた。

「あのう……黒書院様」

「なんだ？」

「お背中を、お流し致しまする」

「構うな。流れに体を浸（ひた）せば済むことだ」

銀次郎はそう言うと、膝下の深さの流れに座り込んで、顔を洗い首や肩を掌（て）でこすった。

「**浦**よ」

「はい」

「お前は周囲に気を配りつつ、俺の血刀や着物（小袖）に付いた血を、流れで清めてくれぬか」

「承知いたしました」

「俺の刀はそこいらの名刀よりは層倍切れるぞ。刃にうっかり手指を触れるなよ」

「私は黒鍬にございますれば……」

「ははは……そうであったな。余計な心配だった」

「いいえ。とんでもございませぬ」

浦は、銀次郎との対話を「楽しい……」と思い始めていた。とても優しい御人、などとは全く感じられないのに、銀次郎の語り調子の中に、なんとなく仄仄としたものを覚えるのだった。

浦は血刀を流れで清めたあと、着物の血を浴びた部分だけを器用に抓むようにして洗った。

銀次郎は**浦**に背中を向けて流れからあがると、松の小枝に掛かっている袷の半襦袢を濡れた体の上に着た。

浅瀬に踝まで浸かっていた浦も、着物の血を洗い終えて水からあがった。

「有り難うよ。着せてくれ」

「血汚れの部分しか濡れてはおりませんが、いま少し乾いてからでは……」

「なあに構わぬ。この通り半襦袢も越中（褌の意）も湿っておるわ」

「なれど……」

「歩いているうちに体の熱で乾くわさ。さ、着せてくれ」

「承知いたしました」

浦は銀次郎の背に歩み寄り、着物を両の肩に掛けてやった。

そして大小刀と鉄扇を銀次郎に手渡し終えると、ホッとした表情で主人からほんの少し離れ、然り気なく周囲を見回した。目つきは、女黒鍬の鋭さを取り戻していた。

「さて、行くか……」

銀次郎は浦を促すと、風でも入れる積もりであろう胸元を開いてから歩き出した。

自分の役目を取り戻したかのように、浦の表情は険しくなっていた。いつの間にか袂から取り出した〝何か〟を掌に握っており、それが一度だけカリッと乾いた音を立てた。

差し渡し（直径）が半寸ほどの鉄球が二つであった。彼女にとっては必殺の武器だ。一つの標的に対して浦は、二発同時に投擲することもある。これまでに狙いを外したことがない。

「なあ、浦よ」

一、二歩前を行く銀次郎に声を掛けられ、「はい……」と彼女は主人と肩を並べた。

「気楽に歩け。俺のことは心配するな」

「なれど、今の黒書院様のお体には傷一つ増える事があってはならぬ、とお頭様（加河黒兵）の厳命でございます」

「なに。黒兵はそのようなことを、お前に言うたのか」

「やわらかな口調でございましたけれど、それだけに厳命と私は受け止めてございます」

「うむ……そうか」

銀次郎は頷いたが、それっきり黙り込んでしまった。

浦は再び一、二歩下がって、鋭い目で辺りに注意を払った。

彼女は今、銀次郎の御盾役（身辺警護）の任務に就いていることに、充実感を覚えていた。

お頭様（加河黒兵）はこの御方と、どのようなかたちで接しておられるのであろうかと想像して、いささか羨ましさが込み上げてくる彼女だった。

人の往き来が目立ち始めた通りを右に折れ左へ折れて、二人は牛込御門前の神楽坂へと入っていった。

浦はひとまず、鉄球を袂にしまった。江戸で有数の歓楽街である。御天道様が頭上にある明るい日の下で、表通りも裏道も人の往き来で賑わっている。

浦が今、用心しなければならないのは、擦れ違いざま不意に、黒書院様に至近距離から襲い掛かる奴が現われないかどうかを見極めることだ。

至近距離からの不意撃ちを完璧に防ぐことは、**浦**にも自信が無かった。

だからこそ、自分の肉体を盾として黒書院様を守る覚悟は出来ていた。

銀次郎は神楽坂を上がり切って二つ目の小路を右へ折れた。

浦は神楽坂を訪れるのは初めてではない。女黒鍬の最前線に立つ手練（てだれ）の者である彼女は、市中にある歓楽街の要所要所を知り尽くしておくのは義務でもあった。

神楽坂の由来に少し触れておこう。境内に『時の鐘』があって料理屋や茶屋、弓矢遊びの店などで門前が大変賑わう市谷八幡（もとは番町に位置。寛永の時代に入って市谷に移転）や高田穴八幡（高田馬場の東端あたり）などが、祭礼の際の分祭所（旅所）を設けて**神楽**（神事芸能）を奏するところから、神楽坂の名が付いたのだ（……と伝えられている）。あくまで〝伝えられている〟を強調しておきたい。

〝坂〟ではないが〝岡（丘）〟で知られた**神楽岡**（かぐらおか）と言うのもあって、此処へは著者も時にひとりぶらりと訪ねたりする。想いに耽（ふけ）るために。

京都市左京区吉田神楽岡町（よしだかぐらおかちょう）の小高く美しい丘がそれだ。吉田山（標高百メートル余）と言い変えれば「ああ、あそこ……」と頷く人も多いのではないか。麓（ふもと）には神楽（かぐら）岡社（おかしゃ）、若宮社、今宮神社などを傍（そば）に置く有名な**吉田神社**があって京都大学のキャンパスと静かに向き合っている。

『古事記裏書』や『釈日本紀』などを著して史学研究にすぐれた業績を残し、また吉田神社と深いつながりがあることで知られた卜占学(ぼくせんがく)の大家**卜部**(うらべ)**一族**(卜部家・仲哀(ちゅうあい)天皇・神功(じんぐう)皇后に仕えた中臣烏賊津使主(なかとみのいかつおみ)が祖)は**神楽岡**(かぐらおか)を指して、『神神が**神楽**を奏した跡』と伝えている。

だが、これも矢張り〝伝えている〟であることを強調しておきたい。古(いにしえ)の時代のことである。〝伝えられている〟であっても〝伝えている〟であっても、ふんわりと受け止める度量の大きさがある事の方が何かと楽しい。美しい大和国飛鳥(あすか)の里を訪ねる旅などでは、とくにこれが肝要だ。

銀次郎は両手を懐に、**浦**を一、二歩後ろに従え長い小路の奥へ向かってゆったりと進んだ。

従う**浦**は、黒書院様の両手が懐にあるのを不安に思った。なにしろ、ほんの少し前に墓地で、激しい闘いがあったばかりなのだ。

「この御方(おかた)は、辛(つら)い御役目が続いた結果、闘う事に麻痺(まひ)してしまっているのでは……いや、まさかそんな」

浦は銀次郎の後ろ姿を見守りながら、この御方(おかた)のためならば我が命を投げ出せる、と確信した。

銀次郎の歩みが不意に止まった。神楽坂は拵屋銀次郎にとって故郷のような街である、と浦は既に心得ている。したがって、黒書院様が誰か顔見知りと出会ったな、と読んで然り気なく五、六歩を下がった。

案の定であった。ひと目で湯あがりと判る若い姐さん二人が、それはもう艶やかな笑顔で拵屋銀次郎の前に立ち塞がった。

「あらあ銀ちゃん、探しましたわよ。一体何処へ雲がくれしていたのさあ」

「ほんとよ全く。半畳の青畳を敷いた拵屋の住居を訪ねたら、取り壊されていてびっくりしたわよう。どうしたのよ、あれはさあ」

湯あがりのやわらかな体を、くねりと一捻りして話す姐さんたちは、艶やかな笑みを絶やさなかったが口調は心配そうだった。艶やかさと心配を見事に同居させたその姿は明らかに宵待草（夜の社交界）のもの、と浦は読み切った。

（くそっ。俺の拵屋の住居まで遂に取り壊しやがったか……こいつあどうやら伯父（首席目付・和泉長門守）じゃあねえな）

と、思わず舌打ちをしかけた銀次郎であったが、堪えた。

「すまねえ、申し訳ねえ。勘弁してくれ。上方で芝居小屋をやっている長い付き合いの者が病で倒れてよ。応援を求められたんで助けに駆け付けていたんでい」

「ええっ、上方の芝居小屋にい?……」

　聞いて姐さん二人は目を丸くした。

「そう。上方のちゃんばら専門の芝居小屋でよ。五本指に入る人気の小屋なんでい。この銀ちゃん、檜舞台で大いに受けたぜ」

「じゃあ、ちゃんばら芝居をやってきたんだ。そういやあ何だか顔が傷だらけ。もしかして下手糞だったんじゃないの、銀ちゃんのちゃんばらって……斬られてばっかしでさあ」

　姐さん二人は、口許を手で隠してケタケタと明るく笑った。離れて聞いていた浦も、思わずクスリとなった。

「なるほど、それで腰の刀、芝居小屋から御褒美に貰ったってわけね?」

「そういう事、そういう事。但し、薄紙一枚も切れねえ竹光（竹を削って作った刀）だけどよう」

「竹光の方が斬られ屋銀ちゃんには、似合っていますよう」

　そう言って姐さん二人は、また笑った。底抜けに明るい。銀次郎の腰の刀が、ほんの少し前に凄腕の刺客を叩き斬ったなど、思いもしていない。

姐さん二人との明るい遣り取りを漸く終えて、銀次郎は再びゆっくりと歩き出した。

浦は、主人と肩を並べた。

「この店だよ**浦**。ここの女将には色色と世話になったのだ」

銀次郎にそう告げられた**浦**が、ひとこと返そうとしたとき、銀次郎は高い黒塀の料理屋『**神楽いちょう**』の茅門を潜っていた。

門の両側には銀杏の木が一本ずつ繁っている。

（立派な料理屋だこと……）

浦はそう思いながら銀次郎の後について、綺麗に調っている四盤敷の上を歩いた。

料亭という言葉はもう暫く時を待たねばならなかったが、まさしくその風格にふさわしい高級料理屋であった。店が出来て数十年の歴史を持っている。

大和棟と呼ばれる檜皮葺の屋根をのせた建物は客室を東西に長く延ばし、その中程に式台付きの玄関を設けていた。これは身分のある武家の客が少なくないことの証なのであろう。式台とは『高さ』と『低さ』の段差を指しており、これは身分（身を置く高さ低さ）を示していて単に下足を脱ぎ易くしたものではない。

まだ御天道様が高い『神楽いちょう』は、森閑とした空気に包まれていた。どこにも人の気配がない。しかし式台の向こうの襖障子は開け放たれ、長い廊下の突き当たり迄が丸見えだ。

が、人の姿は見当たらない。

銀次郎は腰の刀（大刀）を手に取ると、「さ……」と浦を促し雪駄を脱いだ。

「えっ……宜しいのでございますか？」

「なあに、我が家みてえなもんだ。心配するな。ついて参れ」

「は、はあ……」

さすがに浦は面喰らったが、直ぐに御盾役（身辺警護）の鋭い目つきを取り戻していた。

銀次郎は長い廊下や広縁を右に折れ左へ曲がって、奥へ奥へと進んだが誰にも出会わない。

これが大料亭（とはまだ呼ばれていないが）『神楽いちょう』の明るい御天道様の下で

の、いつもの様子であった。客を受け入れるのは夕七ツ刻(午後四時頃)と、厳しく守っている。江戸における夕七ツ刻というのは一般に、武家の夕食に当たる刻限だ。

「あ……」

浦が小声を漏らしたので、銀次郎が歩みを止め「どうした?……」と振り向いた。

「いま庭向こうに、身形(みなり)の良い侍の姿がチラリと見えましてございます」

浦は小声で告げた。

「用心棒だ。三、四人いるが気にするな」

「このように立派なお店(たな)に用心棒、でございますか」

浦は、ちょっと驚いたようであった。

「身分のある武家がしばしば利用するのでな。念のための備えとしてだ」

納得したのか、浦は深く頷いてみせた。

銀次郎は歩みを速めてまた歩き出したが、彼が立ち止まったのはこの店の要(かなめ)となる場所だった。

調理場である。
板場（いたば）の者たち大勢が、与えられた自分の仕事を黙黙とこなしていた。誰から誰への指示も確認も問い掛けもなかった。まさに調理の職人の世界であった。浦にとってそれは初めて目にする珍しい光景だった。調理の戦場だ、とも思った。黒鍬においては、男の持場（もちば）とか女の役割とかの区別はなかった。実力――それが男女差別の基準だった。したがって負傷者が出る程の厳しく激しい訓練――滅多に人の目に触れることのない――にも『男女別訓練という考え方』などは皆無だった。つまり、女頭領黒兵の凄腕の程が知れるというものだ。

　それらと似た光景を浦はいま、目の前にしていた。一尺以上はある大きな鯛（たい）をあざやかな手並で次次と三枚――身二枚と骨――におろしているのは大柄な女であった。その三枚におろされたものを、むつかしい顔つきで検（み）て次の処理へと回しているのは小柄な初老の男だ。台の上に敷かれた真っ白な清潔な和紙の上に身を一枚一枚丁寧に並べ、骨は俎（まないた）の上で四つ砕きぐらいにして頭の部分と共に、水を張った大鍋の中へ落としてゆく。おそらくこれは吸（す）い物（もの）の出汁（だし）となるか、吸い物そのものに用いられるのだろう。

そういった真剣そのものな光景――男女の――が、大竈が十三基（台）も並んだ広い調理場で繰りひろげられていた。

調理場と接した板間には大店呉服店のような帳場格子――文机の三方を囲んだ――が設けられていた。大店呉服店ならば此処には番頭か筆頭手代が座って、帳面を検たり付けたりの事務を執る。帳場格子の高さは文机よりもやや高い程度であるから、此処に座った番頭とか筆頭手代は訪れた客に対し挨拶の笑顔を向けることが出来る。

いま『**神楽いちょう**』の調理場に面した板間には、身形正しい三十半ばくらいの女将風が帳場格子に囲まれ座っていた。背すじを真っ直ぐに伸ばし、凛とした印象で調理場の光景の一つ一つを検ているかのようであった。

調理場の入口に立ち尽くしている銀次郎と**浦**には誰も気付かない。いや、眼もくれない、と言うべきか。

銀次郎が腰の大小刀を**浦**の手に預けた。

「ちょいと此処で待っていねえ」

銀次郎は言葉を崩した調子で**浦**に囁くと、彼女から離れて板間へそっと入っていった。

ちょうど帳場格子の右斜め後ろから入っていくかたちとなる。

「女将……久し振りだな」

腰を下げた銀次郎が、板場を身じろぎもせずに注目している女の肩先へ顔を近付けて囁いた。

振り向いた女――女将・奈麻（なお）――は、余りの近さにある銀次郎の顔に驚いて、目を丸くし仰（の）け反（ぞ）った。

「銀ちゃん、あんた一体、どこへ行ってたのさあ」

めまぐるしく黙黙と動き回っている板場のことを思ってだろう、女将・奈麻（なお）――三十四歳――も声をひそめた。

ふっくらとした顔立ちの、人の善（よ）さそうな優し気な印象だ。

「すまねえ。色色とあって上方へ行っていたりしてたんでい」

そう答えて銀次郎は、帳場格子に隠れるようにして片膝をついた。

「それにしても、なんだか顔の切り傷の痕（あと）、えらく増えたわねえ。上方でまた暴（あば）れていたんでしょう」

「ははっ、違いねえ」

「んもう、喧嘩っ早いんだから……」

「俺の気性は治らねえよ」

「で、なんでまた上方なんぞへ？……」

「それについて話していると二日も三日も掛かってしまわあ。そのうちに打ち明けっからよ」

「**娘たち**も心配してたんだよ。それに着付も髪結も化粧も**銀次郎流**でなくなったもんだから、皆お座敷に出るのが嫌だとまで言い出してさあ」

「俺はよ、この店で大変大事にして貰ってよ、それで拵屋としての腕に磨きを掛けることが出来たんでえ。今日一日は、そのお礼をさせて戴きてえと思ってな」

「え……**娘たち**を綺麗にしてやってくれるのかえ」

「そうよ……」

「この私もかえ」

「勿論でえ」

「嬉しい……嬉しいよう銀ちゃん」

思わず女将・奈麻の顔が銀次郎の顔に触れるほどに迫った。

銀次郎の顔が然り気なくすうっと後ろへ仰け反るように下がったので、見守っている**浦**の口許にチラリと笑みが浮かんだ。

女将・奈麻の言う**娘たち**とは、自分の子を指しているのではない。二十三名も抱えている年若い座敷女中たちのことを言っていた。女中と付いていることから日が明るい内はまさに女中仕事をてきぱきとこなすが、日が落ちると艶やかな舞妓に変身して宴席で接客する。

『舞妓』の出現は十七世紀の後半、寛文～元禄の頃であったと推量されることから、銀次郎の時代においては取り敢えずそのまま使わせてもらおう。

女将・奈麻の視線が**浦**の方へ一瞬流れて、彼女は銀次郎に囁いた。

「あの女、だれ？……」

「俺の拵え仕事を手伝ってくれる脇役だわさ」

「刀、持ってるけど……」

「此処へ来るまでに木挽町の芝居小屋で、久し振りにひと仕事させて貰ったんでい。その礼にと、本物そっくりな竹光を頂戴しちゃったのさ」

「そうだったの。でも、あの女、なんだか目つきが鋭いわね。ちょっと怖いみたい」

　と、一層のこと、声を低くする奈麻だった。

「女将の目つきも優しいとは言えねえぜ」

「ま……」

「誰も彼もよ、生まれた時に神様から戴いた体で一生懸命に頑張って生きてんでい。宵待草での女将仕事ってえのは、女の体を指差してあれこれと言うもんじゃねえやな」

「そうだったわね。ごめんなさい」

「御無沙汰のお詫びによ。今日は無代で姐さんたちを綺麗に拵えさせて貰わあ」

「えっ、本当？……無代で？」

「ああ、本当……」

「でも私は暫く此処を動けないの。板場を仕切らねばならないからさあ」

「判ってる判ってる。女将はあとから隅隅まで綺麗にしてやっから」

「隅隅まで？」

「おうよ。この十本の手指を動かしてよう」

「そう聞いただけでこの豊かな体が疼きますよう銀ちゃん」

「馬鹿。何を勘違いしてんでい。じゃあ俺、舞ちゃん達を広間に集めて始めっから」

舞ちゃん、とは舞妓のことで、銀次郎はこう呼んでいた。

「宜しく御願い致します。私も此処を一段落させたら参りますから」

奈麻がそれまでとは、言葉遣いも表情もビシッと改めた。拵え仕事は銀次郎にとって真剣勝負に等しいことをよく理解し、その腕を尊敬してもいるからだ。このあたりはさすが、大料亭の女将であった。

銀次郎は奈麻から離れて浦の位置まで戻ると、軽く目配せをしてそのまま幅広い廊下を来た方へと戻り出した。

浦は銀次郎の大小刀を胸に抱くようにして、彼と肩を並べた。

二十二

枯山水(かれさんすい)回遊式庭園に面した広間に、**お座敷の管理**をする初老の仲居たちが、拵え仕事に必要なあれこれを銀次郎の指示に従って調えた。

舞妓たちが広間に一人また一人と次第に集まり出したのは、それからだ。彼女たちの誰もが、久し振りに出会った銀次郎に大喜びだった。なかには感極まって噎(むせ)び泣く女(もの)もいる。

とにかく彼女たちにとって、自分を層倍に美しくしてくれる銀次郎の職人業(わざ)は、憧(あこが)れの的だった。

銀次郎を手伝うことになっている**浦**は広間の片隅で、目立たぬように熟(じ)っとしていた。動き出すのは、銀次郎に声を掛けられてからだ。そのように彼から命じられている。

既(すで)に**浦**は銀次郎の了解を得て、いつも身に備えている白い絹すだれで目から下を覆っていた。黒鍬では命を張って忍びの如く闘う立場にある**浦**である。宵待草(よいまちぐさ)

の舞妓たちに接して、面相を知られることには用心する必要があった。艶やかな舞妓たちの中に怪しい女がいるかも知れない、と言うことではない。彼女たちの接客する相手が、大身の旗本や大名家江戸藩邸の上級役職者たち、あるいは幕府の中心的閣僚という事も充分に考えられるからだ。

とにかく油断は出来なかった。

枯山水回遊式庭園に面した二十畳の広間に座敷女中（舞妓）たちがにこやかに揃い、広縁には**お座敷の管理**をする初老の仲居たち数人が銀次郎から用を告げられることに備え、姿勢正しく座って控えた。仲居たちは決して座敷と呼び捨てにはせず、**お**座敷と称して**お**を付すことを忘れない。白髪がうっすらと目立っている彼女たちは歴史あるこの店に若い頃から接客女中として長く奉公し、年重ねては接客から身を引き**お**座敷の管理一切を任される立場を与えられていた。だからそれなりの誇りを抱いている。女将の奈麻から特別な指示がない限りは、どの客をどの**お**座敷に案内するかは、彼女たちの裁量（権限）によった。

銀次郎は先ず、舞妓たちの背後に回って広縁に出ると、控え目な調子で初老の仲居たちに声を掛けた。

「久し振りだが、皆元気かえ。誰も体調を崩してはいねえかえ」

仲居たちは「皆元気です……」と応じた。声を掛けられ、誰もが嬉しそうな表情だった。

銀次郎は一番右端に座っている仲居と目を合わせると、近寄っていった。

「芳ちゃん家のおっ母さんは、確か心の臓が悪かったねい。その後どうなんでい、塩梅はよ」

「先月に亡くなりました。全く苦しむことなく眠るようにして……」

「あっ……そうなのかえ……花の一本も供えることが出来ねえで申し訳ねえ。勘弁しておくんない」

「そう言ってくれるだけで気持が温かくなってきますよう。それよりも銀ちゃん、相変わらず喧嘩ばっかりしてんの？」

「ん？……」

「顔じゅう切り傷のあとだらけじゃないですかあ」

「へへっ……気性が激しいからよ、仕方ねえんだわさ。すまねえ」

「気を付けて下さらないと困ります。銀ちゃんは宵待草じゃあ無くてはならない存在なんだから」

「判った。気を付ける……」

銀次郎は仲居の芳ちゃんに笑顔で頷いてみせ、元の位置まで戻った。

ところで**仲居という表現**だが、院政皇帝で知られる『後鳥羽期』(鎌倉時代)に、歌学者(歌人)として後鳥羽上皇の和歌所寄人に就くなどで重きをなした**藤原定家**が著した漢文日記**『照光記』**(明月記とも)に早くも登場していた。しかもその日記の期間が後鳥羽天皇・上皇の生没期間にほぼ重なっているため、この時期の歴史研究の貴重な史料ともなっている。しかし、藤原定家の人物について述べれば、**歌学者でありながら自分は秀れているという自己喧伝が余りにも過ぎ、また その性格が極めて傲岸**(自分を偉い人間と思い込み過ぎること)**かつ狷介**(自尊心が異常に高く性格が拗れていること)**であったため勅勘**(天皇・上皇からのお叱り)**を蒙るなどで出世は著しく遅れた。**こういった人物は現代社会でも当然そうなる。

さてその『照光記』(明月記)に記されている〝仲居のかたち〟だが、上級家門の奥向きに詰める責任ある人(あるいは位置、場所など)を主に指していた、と判ってくる。

いわゆる料亭などで直接あるいは間接に接客に当たる仲居に限定して考えれば、早くても近世に入ってから登場したものと推量される。あくまで推量だ。

銀次郎が舞妓たちに告げた。

「では、化粧から始めようかい。こうして見たところ後ろの列に俺と初対面になる新しい妓が二人ばかりいるようだねい。顔馴染みになりてえんで先ず、その妓から始めようかい。では皆、半円を描くようにして膝をもっと俺に詰めておくんない」

舞妓たちはにこやかに膝を滑らせて半円を描くかたちで、銀次郎との間を詰めた。

彼が「二人ばかり……」と言った新顔は、皆に促されて銀次郎の前に出てきた。

銀次郎はまだ気付いていなかった。

このとき、広間の片隅に五体を小さく絞って目立たぬよう正座していた**浦**が、白い絹すだれの奥で双眸をギラリとさせたのを。しかも右の膝頭がピクッと微かに動いたではないか。

それは**浦**にとって、次の瞬発的な動きに備えてのものだった。

「おい。始めるぞ。俺の脇に座って手伝いねえ」

銀次郎が斜め後ろを振り向き、浦を促した。

広間にけたたましい悲鳴が生じたのは、次の瞬間だった。まさに次の瞬間だった。

舞妓や仲居たちの悲鳴だ。

銀次郎に間近だった新しい顔ぶれの舞妓二人が、どこに隠し持っていたのか短刀を振りかざして彼に斬り掛かったのだ。

それは銀次郎ほどの者にとって、あってはならぬ油断だった。この料亭が馴染みの場所であり過ぎたが故か。

いや、決してそうとは言い切れなかった。突発的に生じたその異常事態が余りにも閃光の如き手練(しゅれん)の速さだったのだ。

刺客に激変した二人の舞妓の内の一人に、額(ひたい)を割られて銀次郎は仰(の)け反(ぞ)った。

額(ひたい)から噴出した血玉が、居並んでいた舞妓たちの向こう、広縁の仲居たちにまで飛び散る。

それらの光景が一瞬の内に生じた中で、銀次郎は自分の額を切った女刺客を激しく投げ飛ばしていた。

浦の放った礫がもう一人の女刺客の鼻柱を砕き、其奴は舞妓たちの上へ背中から覆いかぶさるようにして叩きつけられた。

凄まじい礫撃ちの威力。舞妓たちや仲居たちの、逃げるひま無き一層の甲高い悲鳴。

銀次郎が投げ飛ばした女刺客へ一足飛びに迫った**浦**が、其奴の鼻腔へ渾身の二本貫手を打ち込んだ。

ビシャッという鈍い音。

「ぎゃあっ」

はじめて絶叫を撒き散らした女刺客が、鼻腔から夥しい勢いで血を噴き出し転げまわった。二本指を鉤形に曲げ力任せに敵の鼻腔から引き抜いた**浦**のその指先には、抉り取った鼻腔内の真っ赤な組織が絡み付いていた。

仰向けに倒れて動かない銀次郎の顔は、血まみれだ。

「申し訳ございませぬ。お許し下さいませ、お許し下さいませ」

血相を変えて銀次郎に近付いた**浦**は、半泣き顔で銀次郎の耳許で囁いた。

自分の責任である、と思っているのだろう。

仲居の誰かが板場の方に向かって、「女将さん、女将さん……」と金切り声で叫ぶ。

「落ち着け**浦**よ。俺の油断だ。お前の責任じゃない」

「なれど……」

「血をかぶっちまって目が利かねえ。目玉の血糊をそっと拭っておくんない」

「黒鍬流でも宜しゅうございましょうか」

「何流でも構やしねえやな」

「それでは失礼いたします」

浦は顔面血にまみれた銀次郎の耳許で囁くと、自分の顔を彼の顔に重ねた。

そこへ女将の奈麻が、板場の男たち四、五人と共に駆けつけた。

板場の男たちの手には万が一に備えてだろう、一尺余の薪が握られている。

「こ、これは……」

奈麻の顔色が、みるみる青ざめていった。

浦はやわらかく細りとした舌先で、銀次郎の眼を舐めていた。

「有り難よ浦。もういい、見えるようになった」

「額の血がまだ止まっておりませぬ。ほんの、あと少しこのまま仰向けでいて下さりませ」

「どうする？」

銀次郎が訊ねると、浦は再び彼の耳許へ顔を近付けて囁いた。

「黒鍬の止血薬を傷口へ詰め込むようにして塗布いたします」

「効くのか？」

「十一種類の薬草を黒鍬流の処方で糊状（膏薬状）とした秘薬でございます。診ましたるところ縫口が必要とは思われませぬゆえ、ひとまず糊状の止血薬を傷口へ詰め込ませて下さりませ」

「わかった。では頼む……座布団を二つに折って、枕にしてくれ」

「はい」

銀次郎が小さく頷いたところへ、女将の奈麻がおろおろの態で銀次郎に近寄り、崩れるようにペタンと座り込んだ。余程に衝撃を受けたのか、涙ぐんでいる。

「銀ちゃん、銀ちゃん。これは一体……」

「女将も知ってのように俺は喧嘩っ早くて、これ迄に何人もの侍や極道者と争ってきたからよ。その縁者の仕返しに違いねえやな」

「それにしてもその縁者とやらが、選りに選ってうちの店に舞妓に姿を変えて紛れ込んでいるなんて……」

「宵待草では拵屋銀次郎が**神楽いちょう**へ頻繁に出入りして、女将や店の妓たちと親しくしていることは誰でも知ってらあな。だから待ち伏せを考えてよ、**神楽いちょう**へ姿を変えた奉公人で潜り込むことなんざべつに珍しくもねえやな。俺の油断よ女将」

「そうは言っても銀ちゃん……」

「ま、聞きねえ女将……」

そう言った銀次郎の表情が、ちょっと歪んだ。**浦**の膏薬による治療が始まったのだ。

指先を使って血まみれの傷口を大胆に開き、もう一方の指先で膏薬を詰め込むようにして塗るのだから、さすがに痛かったのであろう。

だが**浦**は黙黙として動じる様子がない。銀次郎に対してやっていることに、自信があるのだろう。

銀次郎の奈麻に対する話が始まった。

「よく聞いておくんない女将。この座敷でたった今生じた騒ぎは、目の錯覚であったと思っておくんない」

「え？……」

「つまりよ、何事も生じなかったんでい。慌てて町奉行所なんぞに駆け込んで大騒ぎにしちまったら、今度は奉公人や女将の命までが危うくなりかねねえ」

「そ、そんな……」

女将が思わず肩を竦め、舞妓たちや仲居たちも顔を見合わせて怯えた。皆、蒼白だ。

「いいかえ女将。そこに昏倒している血まみれの怪しからん女二人はよ、俺が責任を持ってアッという間に片付けさせる。もう一度言うぜ女将。俺が直ぐに片付けさせらあ。だから女将と皆はよう、怪しからん女二人を取り去った後のこの座敷を協力し合って元通りに綺麗にしておくんない。どうだい女将、出来るかい？」

「出来るよ銀ちゃん。いいえ、出来るよ、と言うよりも致しますよ銀ちゃん。ねえ、みんな……」

背すじを伸ばした女将が皆を見まわすと、舞妓も仲居たちも、そして薪を手にした板場の男たちも「はい……」と抑えた声ながら確りと頷いた。

「有り難よ女将。つまりよ、今日も店はいつもの通り明るく元気に、商いに打ち込んでほしいと言うことだえ。**神楽いちょう**は由緒ある店なんでえ。俺は何としてもそいつを守りてえのよ」

「嬉しいよ、そして判りましたよ銀ちゃん。だけど大丈夫なんだね、これほどの血まみれの出来事。奉行所へ届けなくとも、本当に綺麗に片が付くんだね」

「大丈夫でい。但し、この店の奉公人全員の協力が必要だと言うことよ。この店の由緒に傷が付かねえ限り、奉公人皆の生活はこれからも確り守られるということよ」

言い終えた銀次郎の表情が、また歪んだ。今度はかなり痛かったようだ。

女将がやや気持を落ち着かせ始めたのか、絹すだれで面を隠した**浦**を怪訝な目で見たあと、銀次郎の方へ上体を傾けて小声で言った。

「それにしても銀ちゃん……あんた本当に拵屋なの?……ねえ、一体何者?」

絹すだれで面を隠した**浦**の目が、このとき鋭く光った。

浦が口調やさしく言った。

「恐れいりますが女将さん。銀次郎先生の顔や首すじの血を清めて差しあげたいのですけれど、お湯と手拭をお願い出来ましょうか」

聞いて女将の表情が、ハッと小慌てになった。

「そうでしたね。ごめんなさい。直ぐに調えます」

奈麻は立ち上がるや広縁に出て、調理場の方へ小駆けに消えていった。

そのあとに板場の男(もの)たちが続くと、自分たちも手伝わなくては、と思ったのか仲居も舞妓たちも調理場の方へ去り始めた。

広間がたちまち深(しん)と静まった。

「終わりましてございます」

と、**浦**の上体が漸く銀次郎の顔から、離れた。

「傷の長さは？」

「四、五寸というところでございます」

「殆ど額の端から端までだな」

「はい。中央付近では二、三寸にわたり白骨が少し覗いてございます」

「傷跡は残りそうか？」

「うっすらと残りましょう。でも切り傷の跡が多すぎて、今回のはさして目立たないかと」

「こいつめ、言うのう……で、俺の目玉の味はどうであった？」

「それよりも今回の油断は少しひど過ぎまする。体の中から肩に受けた毒がまだ完全に抜け切れていないのかも知れませぬ。お頭様（加河黒兵）には、そのように御報告させて戴きます。ご承知下さりませ」

「うむ……それと、昏倒しておる女刺客二名を片付けるべく、直ちに手配りせい。これは急ぐ」

「心得ましてございまする。男黒鍬に黒書院様のお迎えを伝えておきますゆえ、町駕籠が着きましたならば小石川の隠宅へひとまずお戻り下さいませ」

「うん。そうしよう。此処はもうよいぞ浦。行けっ」

「怪しからぬ二人の身分素姓を突き止めるのは？」

「そうだと判るものは、どうせ身に付けてはいまい。捨て置け」

「畏(かしこ)まりました。それでは……」

浦は軽く頭を下げると、仰向けに寝たままの銀次郎の脇に大小刀を置いて広間から出ていった。

浦がこの店の何処で絹すだれを取り着ているものを改めて町中(まちなか)へ出るのか、銀次郎には判らなかったし、さほどの関心もなかった。

しかし、いったん町中に出た浦が、疾風(はやて)の如き身のこなしで、黒兵と接触することは彼にも容易に想像できることだった。

女将が深めの湯桶を胸に抱きかかえるようにして、一人で戻ってきた。

銀次郎の枕元に湯桶を置いた女将は、室内をちょっと見回した。

「俺の手伝いの女は、もう出ていった。俺の指示でな」

「そうですか……」

女将は「べつに気にはしていません……」という様子を見せて、湯桶に浸してあった手拭を絞った。

「熱かったら言ってね」

「世話を掛けるな。すまねえ」

「どう?……熱くない?」

「大丈夫でぃ」

女将は、ぴくりとも動かなくなっている女刺客二人の方を、気味悪そうにチラチラと眺めながら、血に染まった銀次郎の顔や首すじを清め出した。

「こうして間近に見ると銀ちゃん、顔や首すじだけじゃあなく両の肩口まで、傷跡だらけね」

「気にするな。手早く血を拭き取ってくれ」

「銀ちゃんはお武家かも知れないって噂、だいぶ前に聞いたことがあるわ」

「俺は町人だい。正真正銘のよう」

「じゃあ、そこにある大小の刀は竹光というのは、本当なのね」

「本当の竹光だ。木挽町の芝居小屋から貰った、と言ったじゃねえか。疑うなら自分の手で鞘を払ってみねえ。俺の目の前でよ」

「いやよ、刀なんか触るのは。これでも私は、まだ夫を持ったことのない料亭**神楽いちょう**の純な女将でござんすから」

「そう言やあ、亡くなったこの店の創業者である親父さんが、可愛い奈麻を独り身(み)のままにしておいちゃあ死んでも死に切れねえ、とよく愚痴(ぐち)ってたっけな」

「亡くなった父(とう)さんはね、前から銀ちゃんが気に入ってたみたいよ」

「ん？」

「拵(こしら)え仕事をさせりゃあ江戸で一、二の腕だし、それでいてなよなよしていねえから、**神楽いちょう**の養子にぴったりだ、なんてね」

「俺は駄目。全く駄目。俺は由緒ある料亭の亭主になんぞ向いちゃあいねえ。たちまち店を潰(つぶ)しちまわあ」

「はい。拭き終わりましたよ。綺麗になりました。額の血も止まったようね。けど銀ちゃん、四、五日はこの店でゆっくりと体を休めた方がよくない？　私の居間は八畳と六畳の二間続きだから、八畳の座敷を使ってもいいから」

「女将はそれで隣の六畳に？」

「うん」

「そんな事をすりゃあ、この広間で起きた事件以上の大騒動にならあ。いけねえよ、いけねえ、駄目でえ」

　銀次郎が仰向けになっている自分の顔の上で掌を横にひらひらと横に振ったと

き、広縁を急ぎ足でやって来た仲居の一人が、「女将さん、銀ちゃんを迎えにきたとかの駕籠が表玄関に……」と、甲高い声で告げた。

二十三

銀次郎は縁側に出て大障子の端に背中を軽く預け、ぼんやりと田畑の広がりを眺めていた。

激しい争いがあってから四日が経っている。

ときどき思い出したようにあった額の傷の疼きは、昨夜あたりから感じなくなっていた。

「たいしたものだ。黒鍬の女たちのすることと言ったら……」

銀次郎の口からポツリと呟きが漏れた。

隠れ住居（隠宅）に戻ってからは、どうしたことか女黒鍬の**滝**と**浦**の姿は何故か見当たらなかった。

が、銀次郎はとくに気にしていない。

黒鍬者の御役目というのは一口で「これ……」とは決め難いからだ。表の御役目もあれば目立たぬ裏の御役目もあって、後者こそが黒鍬者の真の御役目と言える場合も少なくない。つまり我が『血と生死を賭けた』御役目だ。

だから銀次郎は、**滝**と**浦**が幾日か見当たらなくなっても、気にすることは無駄と承知をしていた。

老下僕の**杖三**と**コト**は、額を傷つけて戻ってきた銀次郎に対し、驚きはしたものの優しく甲斐甲斐しかった。

浦から細かく要領を教えられたのであろう。**杖三**も**コト**も実に上手に額の傷口へ膏薬を塗布し、その上を柔らかな綿布で覆って白布（繃帯）を頭にくるくると手際良く巻くのだった。刀傷を恐れることなく、それらの行為をてきぱきと片付けるので、さすがの銀次郎も感心した。

いま青菜が豊かに広がっている田畑では、百姓たちが男も女も力強く立ち働いていた。

その力強さを銀次郎は心から、美しい、と思った。厳しい御役目を背負って遠く地方へ出かけた銀次郎は、豊作地と凶作地の酷すぎる生活水準の落差を、この目で具（つぶさ）に見てきた。

その余りの開きは江戸で生まれ、江戸で育ってきた青年武士銀次郎に、衝撃を与えていた。

（合戦無き天下太平と言うが……日本というこの国の実体は……残念だがかなり貧しい）

そう思い続けて、激しい闘いを潜（くぐ）り抜けてきた彼である。

「いい香りのお茶がはいりました……」

後方で声がしたので銀次郎は振り返った。

古い盆に湯呑みをのせた**コト**が、そろりと腰を下ろしたところだった。

湯呑みから、微（かす）かに白い湯気が立っている。

「ほう、本当にいい香りを漂わせているねえ」

「へえ。甲造（こうぞう）さん家（ち）で摘まれたものを貰（もら）いましたんで……」

「甲造（こうぞう）さん家（ち）？」

「へえ。向こうのほら、大きな一本杉の脇の生垣に囲まれた百姓家……あそこから貰いましたんや」

「なるほど。あのお百姓からな。どれ、頂こうかえ」

銀次郎は盆を少し引き寄せ、湯呑みに手を伸ばした。

「生垣が綺麗に剪定されていますでしょ。あの生垣、全部お茶の木なんですわ」

「自家製の茶……か」

銀次郎は熱い茶をひとくち啜(すす)った。

「こいつあいい。ほんのりと甘いな。上品な味だ」

「よかった。甲造さんに、旦那様がお気に召しはりました、と伝えといて宜(よろ)しいですか」

「もちろんだ。きちんと礼をな」

「へえ……」

コトは自分が摘んだ茶であるかのように喜んで目を細め、盆を残したまま下がっていった。

銀次郎は熱い湯呑みを両手で包むようにして、田畑で働く百姓たちを眺め続けた。

「俺という侍(さむれえ)は、一体何をやってんだ……俺の人生の目標は何なんだえ。おい銀次郎さんよ」

銀次郎はボソリと呟くと、大きな溜息を吐き、茶を啜った。

「旨い茶だ。百姓というのは土を相手に、米や青菜や果実だけでなく、こうして茶まで自分の手で作れる。漁師は大海原を相手に闘って、色色な魚介を獲ってくるしよ……それに比べて侍ってえのは何をやってんだ。腰に大きな包丁二本をぶち込んでだ」

銀次郎は苛立ったように舌を打ち鳴らすと、茶を呑み干して湯呑みを盆に戻した。

「茶の生垣でも見てくるか……」

と、彼は縁側から大きく真四角な踏み石の上に下り、下駄をつっかけて表通りに出た。外囲の無い敷地と表通りとの境目には、埋め込まれた形の不揃いな一尺角くらいの自然石が、四盤敷の形式を見せて続いている。

銀次郎は、畦道に入っていった。

百姓たちは、額を白布で巻いた銀次郎に気付いても、さして驚いた様子は見せず、むしろ笑顔でひょいと頭を下げる者が多かった。

銀次郎も、そんな彼等に笑みを返すことを忘れなかった。

真っ直ぐな長い畦道を二度左へ折れると、茶の生垣の百姓家が近付いてきた。

「ん？」

銀次郎の表情が動いた。

高さが三、四尺とない茶の生垣に囲まれた芝の手入れ良い庭で、幼子二人とその母親らしい若い女——赤子を背負った——が何かを拾い集めている。

銀次郎は芝の手入れの良さに、いささか驚きながら、生垣にそっと近付いていった。

芝生は平安時代の寝殿造庭園に既に用いられていたから、銀次郎時代には生活が安定した農家の庭先に敷き詰められていたとしても、不思議なことではない。

「ほほう……」

と、銀次郎の表情が緩んで口許に笑みが浮かんだ。

芝の綺麗な庭先を、体長五、六寸ほどの小さな鳥がかなりの数、走り回っていた。若い母親と幼子二人に追い回されて、逃げている訳ではない。自発的に楽し気に走り回っては、時にアッジャパーと鳴いたりしている。濃い茶系の羽に被われ、白や黒の斑紋（または縞模様）を持っていた。

滑稽な鳴き声だ。

あ、いや、決してアッジャパーと鳴いている訳ではない。人の耳には、そう聞こえたりするのだ。

鶉である。

銀次郎の時代、アッジャパーと鳴くキジ科のこの小さな鳥は、卵と肉が実に美味な食用として既に庶民に知られていた。その独特の鳴き声を競い合って楽しむ『鶉合』と称したりするのも存在した。

その〝鳴き鶉〟に真剣となる粋人たちは、誰も彼もという訳では決してないが、自分が気に入っている鶉を竹編み籠に入れて帯から下げ、出歩く時も肌身離さず、大切にしたという。

鶉が好んで食するのは、穀物や草芝の種などであるから餌には困らない。自分でせっせと探す。

鶉の卵は納豆に入れてふんわりとなるまで掻き交ぜ、それをあつあつの御飯にかけて食した時の旨さは何とも言えない。

いま若い母親と二人の幼子は、芝の其処此処に隠すように産み落とされた卵を拾い集めているのだった。若い母親は腰前に竹編み籠をさげ、拾った卵を次次とその籠に入れていた。〝豊作〟なのであろう、終始笑顔だ。幼子たちも小さな手で集めた卵を母親の籠に入れると、また飛ぶようにして走り出してゆく。

「あ、これはまあ……」

若い母親が、生垣のそばに突っ立っている銀次郎に気付いて動きを止めた。

「**杖三**さん家の旦那様。気付かんで失礼しました」

杖三さん家の、と言ったところをみると、銀次郎のことは既に知られているようだ。

額に白布（繃帯）が巻かれているのに、べつに気味悪がる様子もない。

「**杖三**や**コト**とは親しいのかえ」

「はい。親しくさせて貰うとります」

「鶉の卵を拾い集めているようだな」

「裏の竹藪に巣を拵えて沢山おりますもんで、うちの庭先へはよう遣って来よります。おかげで鶉の卵には困らんで……」

若い母親はそう言うと、健康そうな白い歯を覗かせて笑った。

「コトにな、先程この生垣の葉茶だというのを淹れて貰うて飲んだが、なかなかの香りと味だった。美味しかったよ、有り難う」

「あ、旦那様。向こうから入って、どうぞ広縁でおくつろぎ下さい。いま、温かなお茶を差し上げましょうから」

若い母親は、向こうから入って、という自分の言葉に合わせて、人差し指を生垣に沿って半円を描くように、くるりと廻した。

その人差し指が止まった先に、生垣の切れたところがあって太い二本の柱が立っている。

そこがこの百姓家への入口と頷けた。

銀次郎は「それでは少し休ませて貰おうかな」と言いつつ、生垣に沿って歩き出した。

彼の目には江戸近辺の農家は、地方の農家に比べて、比較的にだが豊かに見えた。兼業農家と言う程ではないにしろ、農業の他にも色色な仕事が見つかり易いからだろうと銀次郎は思っている。

実はその通りなのであった。助け合い精神が豊かな百姓たちは何事も自分たちの手でこなして生活してきた。

だから大工や左官や屋根葺を得手とする者が、長い協同生活の中から生まれてきたりする。

造園や果樹栽培が得手な者も出てこよう。つまり農閑期には身近な大都市・江戸市中へその得手を武器として稼ぎに行ける訳だ。需要は、結構ある。

主家に仕える侍の生活苦が当たり前な時代である。武士というのはひたすら主家の事だけを考えねばなりません、という規律など糞喰えと思う侍は密かに内職に手を染めたりするだろう。

銀次郎が庭先へ入っていくと、鶉を追い回していた幼い男の子二人が直ぐ傍まで近寄ってきた。

そして珍しそうに銀次郎の白布（繃帯）を巻いた額を見上げた。小さな掌――片手の――に卵を幾つか握っている。

なんと、それまで走り回っていた鶉も一斉に動きを止め、銀次郎の方を訝し気に見ているではないか。

思わず銀次郎は破顔し、二人の幼子の頭を撫でると、広縁の端へと歩み寄って腰を下ろした。

若い母親の姿は、見当たらなくなっていた。

幼子二人は銀次郎の膝前から離れない。

銀次郎はもう一度二人の頭を撫でてやりながら、にこやかに訊ねた。

「名は?……」

「作一」

「作二」

即座に返ってきた二人の名が、字綴りを容易に想像できたので、銀次郎は再び笑った。

彼は、ふっと思った。こんなに笑ったのは久し振りであるな、と。

「さあ旦那様、どうぞ飲んでみて下さい」

銀次郎の後ろで声がして、盆に湯呑みをのせた母親が広縁にやってきた。

日焼けして見るからに健康そうなこの若い母親は一体どういう意味で、**旦那様、**と口に出しているのだろうか、と銀次郎は思った。

けれども茶のいい香りが、そんな思いをたちまち吹き消してしまった。

「うむ、矢張り美味いねえ。こいつあ実に贅沢な茶だ」

「七十五歳の高齢で亡くなった曽祖父が大変な茶好きだったそうです。米が充分に口に出来ない時代だからせめて白湯ではなく葉茶ぐらいは楽しませてもらおうかい、と栽培を始めたそうで……」

「なるほど、時代への反骨精神が生んだ生垣茶……という訳か」

「反骨精神？」

若い母親が、すうっと真顔になった。

「いやなに、気にすることなどない。いい茶だよ。曽おじいさんの優しさが判るような茶だなあ。おそらく曽おじいさんは、**島原の乱**とかの騒動や**寛永の大飢饉**の悲惨さなどをまさに身をもって味わったのではないかねい」

「あのう……」

「ん？」

「もしかして旦那様は、お侍様ですか」

「いいや、私の身分は正真正銘の町人だよ。うん、町人だ。**杖三**からはどのように聞いているのだえ」

「市中（江戸）の大店の元気な若旦那さんと聞いています。働くのが好き過ぎて体に疲れがたまってしまい、そんで暫く休養をとるとかでこの村へ……」

「ははっ……その通りだ。働き過ぎであったことは間違いねえかねえ。疲れている、うん、凄くなあ」

「でも、なんとなく町人の印象とは違うようなところがあったりして……」

と言った若い母親であったが、不意に明るい笑みを顔いっぱいに広げた。

「すみません。失礼な想像を口にしてしまいました。旦那様、今日は鶉の卵がいつもより沢山得ることが出来ましたから、持ち帰って下さい。それと、納豆はお嫌いではありませんか」

「なに。この家では納豆を拵えておるのか」

「百姓は口に入る物は、たいてい自分で拵えますから」

「糸引きだな」

「勿論でございますよう」

「大好物だ。こいつあ有り難い」

「よかった。じゃあ、ちょっと調(ととの)えて参ります」

まだ名乗り合ってもいない若い母親は、にこやかに下がっていった。

元禄十年（一六九七）に医者が庶民の日常の食事に関し著(あらわ)したとされる『本朝(ほんちょう)食鑑(しょっかん)』（全十二巻）では、**納豆はからしで和(あ)えて食すると美味**、と既に記されている。むろん糸引(いとひき)納豆であろう。糸引納豆は**室町時代の中期以降**の色色な日記にも、登場している。糸引納豆で面白いのはほぼ同じ頃、あるいはそれより少し以前に著者不詳で世に出た御伽草子(おとぎぞうし)『精進魚類物語(しょうじんぎょるいものがたり)』のなかで、**納豆太郎糸**重なる武者を大活躍させていることだ。これには思わず笑ってしまうが、一説には藤原氏の氏長者(うじのちょうじゃ)で公卿(くぎょう)にしてすぐれた歌人である二条良基(にじょうよしもと)（一三二〇～一三八八）の作ではないかと見る向きもあるらしい。しかし、『精進魚類物語』と、すぐれた歌人である二条良基とではその印象に余りにも大きな差異(へだたり)があり過ぎて、どうにも頷けない。また『精進魚類物語』が世に出たとされている時期と、二条良基の生没期間とのあいだにはズレがあるようにも思えるのだが……。

若い母親が二つの袋を手にして、笑顔で戻ってきた。純な人柄がその笑顔に表れている、と銀次郎は思った。

「お待たせしてしもうて旦那様。手荷物になってしまいますけんど、これ、持ち帰って下さい」

そう言い言い、よっこらしょっと広縁に腰を下ろした。背中の赤子はよく眠っている。

「お、すまんな。こんなに、いいのかえ」

「うちは大家族やから、何でもたくさん拵えて有りますよってに……」

「その割には、ひっそりと静かだなあ」

「皆、畑に出ておりますんや……晴れた日は特に遣る事が多いから忙しゅうて」

「うん、そうだろうな。では有り難く頂戴しておこう」

「こちらの袋が鶉の卵、こちらが納豆ですう」

麻の袋と判るそれを、若い母親は大事そうにそっと、銀次郎の方へ滑らせた。

茶を飲み終えたし、銀次郎は袋を手に腰を上げ広縁から離れた。

たとえようもない程に、すがすがしい気分になっている自分に、彼は気付いていた。心が、ふわりと軽かった。

二十四

「また遊びに来てもいいかえ」

「どうぞいらして下さい。次にお見えの日が判りましたら、前もっておコトさんでもお遣わし下さい。牡丹餅でも拵えておきます」

「ほほう、これはたまらん」

「ふふっ、……私の牡丹餅、美味しいですから」

「では必ず来るよ、うん、必ずなあ。ところで、お前さん名は？」

「萩です」

「ん？」

「お萩、と呼んで下さい旦那様」

「おはぎ……これはまた……はははっ」

「ふふっ……」

銀次郎は思い切り愉快になって、百姓家をあとにした。

だがそれは、嵐の前の静けさ、いや、和やかさ、でしかなかった。

畦道へと入っていった彼の表情から、それまでの笑みが消えていった。

彼方に見えている隠宅の広縁に、二人の女の姿を認めたからだ。二人とも銀次郎に対してほんの少し斜め姿勢で座っている。

一人は**コト**で、やさしくひっそりと座っているかに窺える身形正しいもう一人の女性に、茶を勧めているところだった。

身形正しいもう一人の女性というのは、遠目にも**花鳥風月模様**の——つまり元禄模様の——**小袖**を着て帯を**吉弥結び**に締めていると判った。髪は**つぶし島田**に結っている。

「へえ……」

と、思わず足を止めた銀次郎の口から、小さな溜息が漏れた。

元禄模様の**小袖**に**吉弥結び**の帯、そして**つぶし島田**に髪を結ったその女性は……。

江戸幕府最後の特殊機関とも称すべき、『**表**』と『**裏**』**の顔を持つ黒鍬**に君臨する女頭領**加河黒兵**であった。

「なんと綺麗な……」

と、銀次郎は息を呑んだ。これまでとは違った美しさである、と思った。

黒兵とコトは、銀次郎に見られているのに気付いていないのか、控えめな笑顔で話し合っている。

銀次郎は歩き出した。

漸く(ようや)コトがこちらに気付き、やや小慌てに会釈をして盆を手に台所の方へ消えていった。

銀次郎と黒兵との視線が出会って、彼女はしとやかに三つ指をついて軽く頭を下げた。

二人の隔たりが次第に縮まり、そして銀次郎の歩みが広縁の手前で勢いを失(な)くした。

「なんだか……久し振りな感じだな」

「それほどでもありません。けれど、毎日お傍(そば)に控えていることが出来ませず申し訳ございませぬ。お元気そうな御様子。安堵いたしました」

「城での御役目、忙しいのか」

「はい」

「今宵は泊まってゆけ。心配なら、俺は外で寝てもよいぞ」

「いいえ。用が済めば、直ぐにもお城へ戻らねばなりませぬ」

「誰ぞの用を持ってきたのか？　伯父上か？……」

「そうではありませぬ。黒書院様に対する私自身の御役目でございまする」

「ん？……何かあったのか。あるなら小声で話せ、小声で」

「月光院様の身傍に控えております私には、上様（幼君家継）のご体調、このところ余り宜しくないように思えて仕方がありませぬ」

「どういう事だ。風邪でもお召しになったのか」

「風邪の症状ならば、黒鍬の頭領である私の目には、そうと判ります。なれど近頃の上様の急激なご気力の衰えは尋常ではございません」

聞いて銀次郎の目が険しくなった。

「おい。はっきりと申せ。よもや毒などと……」

「あるいは……と思いたくはありませぬが……もう少し正確に申さば、ご気力無き時と、ご気分良き時の差がいささか異常すぎるのではと……毒ならばこの差は黒鍬の私には納得できますする」

「そうだとするなら、最も怪しまねばならぬのは、上様の御食事を直接調理する御膳所御台所方だ。お前は直ぐさま城へ引き返し、御台所の連中に目を光らせろ」

「なれど黒鍬者は、御膳所御台所へは近付くことも立ち入ることも出来ない立場でございます」

「うぬ……ならば我が伯父（首席目付・和泉長門守）に急ぎ訴え出て、知恵を戴け。俺と相談した上でのことだ、と言うてな」

「畏（かしこ）まりました」

「ゆけい。俺も身を調えて城へ駆けつける」

「なれど身辺くれぐれも御注意下さい。このところ黒書院様に襲い掛かっており ます手強（てごわ）い刺客集団は、どうやら幕府の何者かによって動かされている**御破裂（ごはれつ）衆（しゅう）**ではないか、と思われます」

「な、なに。**ごはれつしゅう**？……一体なんだ、それは」

「ここで御説明申し上げていると、刻（とき）が過ぎまする。お城で詳しくお話し致します。そうさせて下さい」

「判った。では途中気を付けて行くように」

「黒書院様も……」

「大丈夫だ。急げ……」

「はい」

頷いて黒兵は、滑るようにして奥へと下がっていった。

銀次郎は広縁の前に突っ立ったまま、腕組をして首を小さくひねった。

「**ごはれつしゅう**、と言うたな……何なんだ一体……わからん」

呟いて銀次郎は、踏み石から広縁へと上がった。

杖三と**コト**が硬い表情であらわれ、**コト**が早口で言った。

「旦那様。いま御方様（黒兵のこと）がキリリッと妙に澄み切った涼しくも厳しい眼差しで御出掛けになりました。続いて旦那様も間も無くお出掛けなさるからと仰られて……」

「うん。御役目上の急な用が出来てな。大小刀はともかく、着る物は略礼で調えられるか？」

「承知いたしました。御方様が万事、抜かり無く揃えて下さってございます」

杖三と**コト**は、慌ただしい動きで銀次郎から離れていった。

このとき銀次郎は背後に人の気配を感じて振り返った。

庭先に野良着姿の**滝**と**浦**が、片膝をついて控えていた。黒兵の指示があったのだろうか。

「俺はこれより出掛ける」

銀次郎が何事も無いような調子で言った。

「心得てございます」

と、**滝**が澄んだ低い声で応(こた)えた。

「今日は**滝**が供をしてくれ。**浦**はこの家(や)の留守を守ってくれるように」

二人は黙って深深と頷いた。

銀次郎は、**杖三**と**コト**があたふたとしているであろう奥の間(ま)へゆっくりと向かった。

幼君家継のことが心配であった。

不吉な渦(うず)が胸の内で、音を立て出していた。

幼君に対して毒……そのような事は、あろう筈が無いと思いたかった。御膳所御台所へ、黒書院直属監察官の権限でもって、黒鍬の女(もの)を一、二名強引にでも入れておくべきだったか、と後悔もした。

奥の間(ま)に入った銀次郎は、**コト**に手伝わせ真新しい小袖の着流しの上から、半袴(はんばかま)、羽織を素早く着て、**杖三**の差し出す大小刀を腰に通した。

帯に鞘(さや)がこすれて、ヒヨッと鳴る。

身形を調えた銀次郎は、明るい広縁と居間とを仕切っている大障子に近寄ってゆき、一枚を静かに引いた。

日差しが居間に入ってきて明るくなり、左手方向の土間口に近い庭の端に、片膝をついた姿勢を崩すことなく、**滝**と**浦**がまだ控えていた。

二人が視線をこちらへ向けたので、銀次郎は小さく頷いて見せてから、障子を閉じた。

奥の間(ま)とは言っても、畳敷きではなかった。板間(いたのま)に畳表(茣蓙(ござ))を敷き詰めた部屋だった。剣客の脚腰には、床は硬い方がよい。

銀次郎は**コト**と**杖三**の前に戻って、

「**浦**は残していく……」

と、言葉短く告げた。**杖三**は「はい」と答えたが、**コト**は答えるかわりに、銀次郎の羽織の肩のあたりが気になるのか、着皺を伸ばすような仕種を二度、三度と繰り返してから満足したような顔つきになった。

銀次郎は暫く会っていない桜伊家の爺や**飛市**と婆や**イヨ**を思い出して、胸をチクリと痛くさせた。

銀次郎の**羽織袴姿**が、きりりと仕上がった。

この身繕いは庶民の目から眺めると堅苦しく整い過ぎているように見えるのだが、武士にとっては比較的〝身動きにすぐれる〟普段着だった。

しかしながら実を言うと、この普段着は一方でいま次第に**公服**あるいは**準公服**として認められる傾向にあった。

その契機となった二例を挙げると、寛文十一年（一六七一）の**寛文事件**（伊達騒動とも）および、元禄十四年（一七〇一）の城中松之廊下で突発した**赤穂事件**であろう。

寛文事件は、仙台藩伊達家のお家騒動を、対立する派閥双方を大老酒井忠清邸に集め、大老・老中・若年寄ら幕閣による審議中に**突如として**起こった。一方が一方へ**いきなり**抜刀斬戟におよび、これを制止しようとした酒井家の家臣たちをも巻き込み、死者と血の海ひろがる大惨劇となった。もう一つの**赤穂事件**だが、選りに選って……京から下向した第百十三代東山天皇の勅使・院使を定まった儀式官紀で厳粛にお迎えすべきその日に、尾張・紀伊・水戸**御三家の執務室**が並ぶ殿中**松之廊下で突如として**生じた。御馳走役（接待役）という重要な御役目を担っていた赤穂藩の**幼稚で無分別極まる藩主・浅野内匠頭長矩**（三十五歳）が**いきなり**高家筆頭・吉良上野介義央に対し甲高い叫びと共に抜刀斬戟におよんだのだ。

吉良上野介は二撃を浴びて昏倒。

その浅野内匠頭の背後から、近くにいた幕臣のひとりが足許を縺れさせながら、

「何をなさるか。殿中でござるぞ。殿中でござる」

と、必死でしがみつき、次いで茶坊主が凶刀を持つ浅野内匠頭の手に飛びついた。

こうして**幼稚で無分別な浅野内匠頭**は切腹、五万三千石の藩は取潰され、三百余名の家臣とその家族は哀れ春冷えの空の下、路頭に迷うこととなった。因に、浅野内匠頭の背後から必死でしがみついた幕臣は、第五代将軍徳川**綱吉**の生母**桂**

昌院付き御留守居役・梶川与惣兵衛頼照である。上級幕僚の立場にある人物だ。また浅野内匠頭の凶刀を持つ手に無我夢中で飛びついた茶坊主の名を関久和と言った。この二人の勇気ある必死の制止がなければ、厳粛な日を迎えた松之廊下はおそらく更なる血の海と化していた筈である。

右の二つの事件に共通しているのは、一方が別の一方へいきなり抜刀斬戟におよぶ事で突如として生じたという点である。おそらく受ける側は、躱す余裕も逃げる隙も無かったと思われる。その最も考えられる原因として、身軽に動き難い重い正装であったということが挙げられよう。とくに勅使・院使を迎えた松之廊下においては当日、登城した上級武士たちの多くは動き難い衣裳の代表格・礼装に見られる裾の長い長袴を着用していた筈だ。だらだらと後ろへ引き摺って歩いているあれだ。うっかり後ろから踏んづけるとバタンと前に倒れてしまい、「おのれ……」と争いになりかねない。

御盾役（身辺警護）の役目に就くことが少なくない手練の柳生衆は瞬発力を大事とするため、この礼装（長袴）を早くから敬遠してきた。激務に就いている銀次郎も然りである。また幕閣においてもそれらの敬遠を、多とする傾向を強めつつあった。

　銀次郎は、**滝**を従えて隠宅をあとにした。

　微笑みながら**滝**が言った。

「今日の黒書院様は、何だか眩しく見えます」

「眩しく？……」

「真新しい羽織袴がとても似合っていらっしゃいます」

「この一揃えは隠宅に備わっていた衣裳だが、黒鍬の手で調えたものなのか？」

「はい。頭領（加河黒兵）が、御支配様（首席目付・和泉長門守）の命を受けて、御自分の目で調えられました」

「そうか……黒兵がな」

「頭領は最近、なんだか明るく綺麗になられたような気が致します。**凄みの黒兵**と恐れられていた御人には、とても見えませせぬ」

「ふうん……**凄みの黒兵**、か」

「黒書院様は……」

「あのなあ**滝**よ。その黒書院様はやめてくれ。背すじがゾクゾクする」

「なれど……」

「黒書院様、黒書院様などと言っているとな。俺が何者か周囲に教えているようなもんだ。何処からか再び、俺を狙って毒矢が飛んでくるかも知れねえ」

「あ……」

「今のは言い過ぎた、すまぬ。だがな、城に着くまでは番頭さん、とでも呼んでくれ」

「番頭さん、ですか……畏まりました」

「気持のよい天気だな。神田に甘い汁粉の店があるぞ。寄って行くか」

「急ぎ登城せねばならぬ状況でございます。汁粉などと……」

「おいおい。そのように楽しい会話を交わしながら、城へと急ぐのだ。肩を怒らせ、目を血走らせて歩いていたら、そのうち刺客に目をつけられるぞ」

「左様でございました。申し訳ありませぬ」

滝は声を落として、ぺろりと赤い舌を出し首を竦めた。

「うん、その呼吸だ。それでよい」

「でも神田の汁粉の店へは、そのうちお連れ下さいまし」

「わかった。約束しよう」

「でも頭領（黒兵）の了解を得てからでございます」

「汁粉の店へ行くことぐらいで、頭領の許しが要るのか？」

「番頭さんと汁粉を楽しむことは、御役目から外れた私事になりますゆえ」

「ははは、さすが黒鍬。厳しいのう」

「ですから黒鍬は一糸乱れることがなく、組織的戦闘においても、個人的戦闘においても相手に恐れられるのでございます」

「ところで滝よ」

「はい……」

「頭領……黒兵の生家が何処であるか知っていたなら、そっと教えてくれぬか。そっとだ……」

とたん滝の表情が一変して、双つの目がギラリと凄みを覗かせた。豹変だった。

銀次郎は思わず苦笑し、顔の前で手を横に振った。

「もうよい……よいわさ……少し急ごう」

銀次郎は歩みを速めた。

半歩おくれて従う滝の表情は、既にやわらいでいた。これも豹変だ。

「あの稲荷神社の林を抜けるか。近道だ」

二人の正面向こうに、楓の林が広がっていた。帯状に広がる、さほど大きくはない林であったが、近在の人人には『お稲荷の林』として知られていた。錦繡を織りなす秋には、楓が炎の色に紅葉して大勢の人人が手弁当で訪れる。まさに〝自然の命〟の激しい燃焼を人人の目に見せつける、圧巻の紅葉なのだ。

「遠まわりになりますけれど、人の往き来が目立つ町中通りが宜しゅうございます」

滝が、今迄にない強い口調で言った。

銀次郎は逆らわずに頷いた。自分の身の安全を滝が心の底から気遣ってくれている、と判っていたから。

二十五

銀次郎と滝は、大手門の直前まで来て小声を交わした。

「ご苦労であったな。此処まででよい」

「城中と雖もお気を付けなされませ。ご油断ありませぬよう」

「うむ。心得ている」

「それでは……」

滝は小さく一礼をして、素早く下がっていった。大手門は譜代大名十万石以上の通用門である。いわゆる『第一権力門』とでも称する江戸城を代表する門だ。**滝**がいかに黒書院直属監察官大目付の御盾役（身辺警護）として付き従って来たとしても、此処から（大手門から）先へは、黒鍬者は立ち入ることが出来ない。

大手門には十万石以上の大名家が二家で、家臣を警衛衆として交替で詰めさせている。

彼らに丁重に迎えられた額を白布（繃帯）で巻いた銀次郎の背には当然、黒書院直属――つまり将軍直属――という金看板が光っていた。この地位は決して銀次郎の本意ではなかったにしろ、金看板であることに変わりはなかった。また、額を負傷した彼を奇異の念で眺めることは絶対に許されない。場合によっては銀次郎の意志とは関係なく『切腹』となりかねないからだ。

「中雀門まで、御供申し上げます」

門衛頭が慇懃に申し出たのを、銀次郎は穏やかな口調で丁寧にことわり、一人で大手門を潜った。

城中の警衛諸門において、今や銀次郎の容姿の特徴について知らぬ者はいない。武家の慣行とか常識とかに背を向けてきた奔放な気性の彼には、煩わしいことであったが、今となっては仕方がなかった。〝銀次郎水車〟は既に、勢いよく回転してしまっているのだから……。

大手門を入った銀次郎は、三の御門、中の門と急いだ。

威儀を正してくれる各御門の衛士たちに対し、彼は頷きで返したり、軽く右の手を上げて応えることを忘れなかった。

幼君の御身辺あわただし……の警告を黒兵から受けた銀次郎は、幼君の地位安泰のためには、**将軍親衛隊**とも言うべき番方五番勢力、二千数百名の強固な団結が一層のこと重要になってくると、己れに強く言い聞かせていた。番方五番勢力とは改めて述べるまでもなく、大番、書院番、小姓組番、小十人組、新番、の五戦闘官僚集団を指している。戦闘官僚集団と表現したのは、この五つの組織がまぎれもなく有能な武官集団であったからだ。その組織図を左へ簡略に掲げておこう。

書院出櫓（だしやぐら）の備（そな）え門（脇門・冠木門）を潜って二歩、三歩と踏み出した銀次郎の歩みが、何を感じたのかフッと止まって、眩しそうに目を細め正面の**書院前櫓**（書院二重櫓とも）を見上げた。

日はちょうど書院前櫓の向こう（背後）から差し込んでいた。

備え門を入った直ぐ左手には、武装した書院番士が与力・同心たちを従え、衛士として控えている。

「あ、あのう……」

精悍な顔立ちの若い番士が、銀次郎と書院前櫓とを訝（いぶか）し気（げ）に見比べながら、おそるおそる声を掛けた。

額を負傷している銀次郎の日焼けした目つき鋭い顔には、一つや二つでない刀疵（かたなきず）の痕（あと）が目立っている。それに彼の凄まじい激情剣にはさすがの柳生衆もおよぶまい、との噂が、既に城中に静かに広がってもいた。

若い番士のおそるおそるな声掛けは、無理もない。

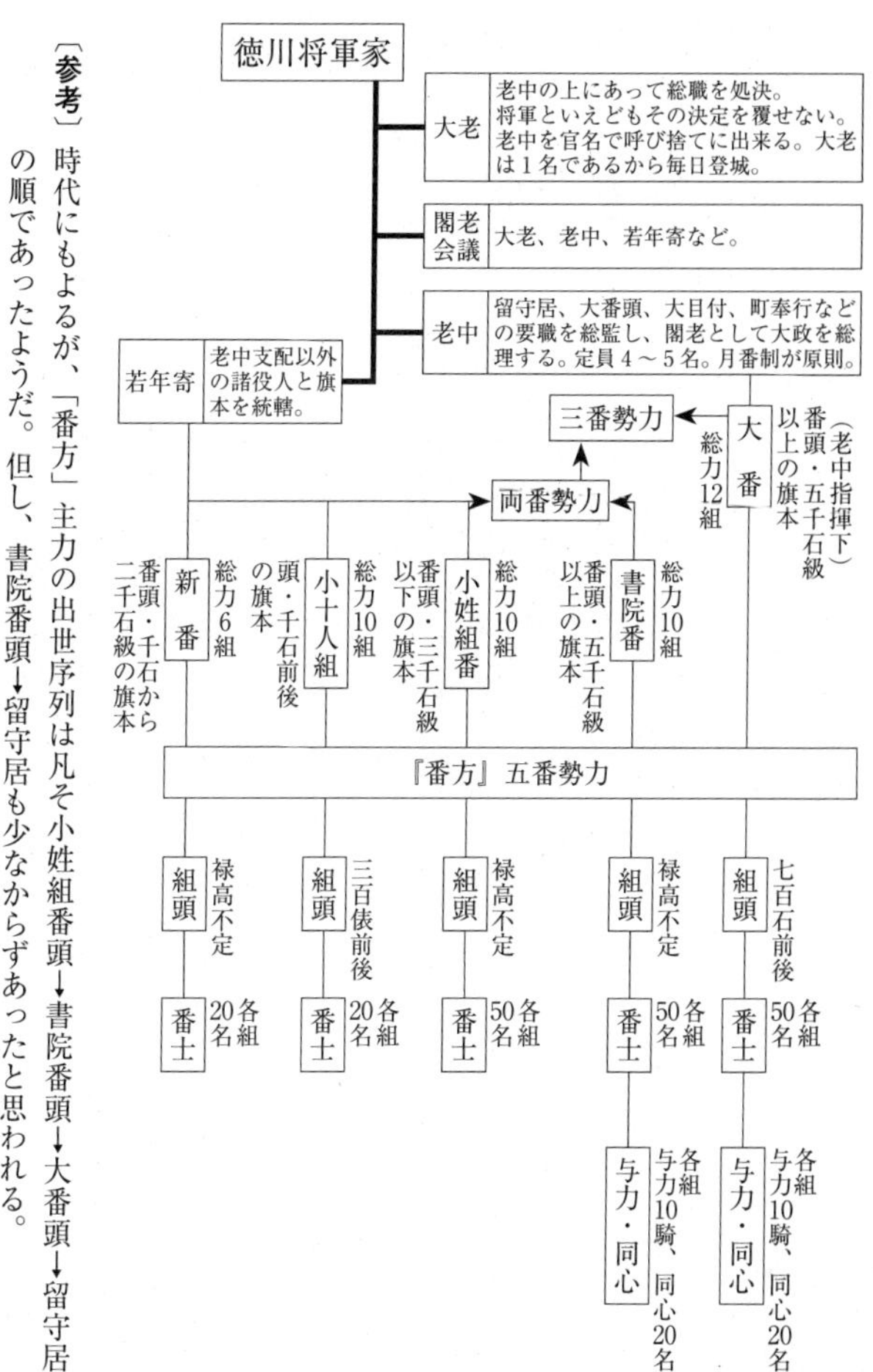

〔参考〕時代にもよるが、「番方」主力の出世序列は凡そ小姓組番頭→書院番頭→大番頭→留守居の順であったようだ。但し、書院番頭→留守居も少なからずあったと思われる。

銀次郎は「いや……」と短い言葉を残して歩き出した。とは言っても次に潜るべき中雀門（ちゅうじゃくもん）（書院門・玄関前門とも）は直ぐ目の前だ。

銀次郎は緩やかな五段の階段を上がって、中雀門――渡櫓（わたりやぐら）を備えた――を潜った。

潜って直ぐの所は平坦な広がりであったが、彼は何を思ってか立ち止まり、なんとゆっくりと振り向いていま上がったばかりの石段を二段下り、そして歩みを休めた。

彼の目は、再び書院前櫓を眺めていた。この書院前櫓と中雀門は、**多聞**（たもん）と称される城壁長屋と連結していた。城壁**長屋**というのは、石垣を高く組んだ城壁の上に構築した白壁・瓦葺屋根の**長屋**を指しており、その場所・方角位置によっては内部が**武器庫**であったりとか**銃眼**を持っていたりする。

銀次郎の視線は今、その**多聞**から書院前櫓にかけてを、撫でるように眺めていた。

先程の精悍な顔立ちの若い番士が、また書院前櫓と銀次郎を困惑したように見比べながら、遠慮がちにこちらへ近付いてこようとした。

銀次郎は彼の方へ「よい……」という目配りを見せて小さく肯き、踵を返した。格別に険しい表情でもなかった。城壁**長屋**におそらく何の不審も覚えなかったのであろう。

彼は門内の平坦な広がりを早足で進むや、待ち構える四段の石組階段を勢いをつけて一気に上がった。

そこは、正面に遠侍の瓦葺の大屋根が美しい流れを見せている、**遠侍**玄関（原則・大名の御殿入口）前の大広場だった。右手には**大番所**があって、詰めていた書院番士たちが直立不動の姿勢で、威儀を正した。

玄関式台を背にした位置にも、額を負傷した銀次郎を出迎える遠侍詰めの番士たちが、硬い表情で待ち構えていた。今に銀次郎の登城があると事前に知らされていたと判る彼らの表情だった。つまり、〝威儀を正した表情〟だ。黒鍬の素早い伝令の働きによるものなのであろうか。

銀次郎は自分のことを「己れごとき者……」と、常に思っている。その〝己れごとき者〟に向かって過剰に威儀を正されることを、彼は重苦しく不快に感じていた。

だが、仕方がなかった。好むと好まざるとにかかわらず、己れの身には『黒書院直属監察官』という重い肩書が貼りついているのだ。黒書院とは将軍そのものを意味する。その重い辞令を受理して、どれくらいが経ったであろうか。**辞令**とは**命令**であり、**命令**とは**将軍**である。これが幕府の教理(きょうり)なのだ。つまり辞令を拒絶することは出来ない。拒絶は死をもって応(こた)えるしかないのである。

銀次郎の歩みが本丸の正式な入口である遠侍の玄関式台へと向かった。穏やかな、ゆったりとした歩みになっていた。

番士の列の中から、若い侍が離れて、銀次郎との間をたちまち縮めた。

歩みを休めた銀次郎は心得たように大小刀を腰から取り、近寄ってきたその若侍に手渡した。

「脇差は身にお付け下さい……」

「腰は楽な方がよい」

「なれど……」

「同じことを二度も言わせるな」

「は、はい……」

若い侍は銀次郎の大小刀を大事そうに両手で抱え、一礼して滑るかのように下がった。

銀次郎は遠侍の玄関式台へゆっくりと歩みを進めながら、鋭い視線を大勢の書院番士が詰めている大番所へ向け、そして彼方に見えている本丸北御入門（正しくは御長屋御門）に移し、正面玄関（遠侍の玄関式台）へと戻した。

（どうやら視野に入る限りには、怪し気な様子は窺えぬな……）

銀次郎がひとまず気を休めたそのとき、玄関式台を背後にして姿勢を正し不動の姿勢で控えていた書院番士たちの内のひとりが「あっ……」という表情を拵えたのを、彼は見逃さなかった。

しかもその書院番士の視線は、明らかに銀次郎の背後を捉えていた。

銀次郎は振り返った。

たったいま潜り通った中雀門の渡櫓から、紫色の球体と称してよい〝丸い物体〟が次次と落下しているではないか。

さすがの銀次郎も一瞬ではあったが我が目を疑った。

だが落下するその紫色の〝丸い物体〟は、地上に叩きつけられる寸前、球体を解いてあざやかに二本足でふわりと立った。

紫色の装束で全身を包んだ人間だった。腰には全員が赤鞘白柄の両刀を帯び、覆面の細い**目窓**から双つの目が覗いているだけだ。

そして次次と抜刀。

「全員応戦。持ち場を離れるな……」

銀次郎は野太い声を響かせるや否や、地を蹴っていた。

丸腰のままだ。己れの腰が空になっているのを忘れてしまったか?

紫装束の侵入者は、合わせて六名。

その六名がまるで**一矢**と化した如く、全員が激しい勢いで銀次郎に立ち向かった。見事、一直線に。

さては銀次郎暗殺が狙いか。それにしては江戸城遠侍広場へ躍り込むなど大胆不敵すぎる。

広場の中央付近で、刺客先頭者と銀次郎がまさに激突。

目窓の奥で先頭者の眼が血走り、唸りを発した刃を銀次郎の頭上へ斬り下ろす。

銀次郎の右の手が、わが腰へ走った。

が、刀が無い。

瞬間、銀次郎の表情が慌て、相手の刃が一条の光と化して彼の頭上一寸に迫った。

鋭い音を発して銀次郎の頭蓋(ずがい)が割裂(かつれつ)し、血しぶきと内容物が四散。

番士たちは思わず目を閉じた。誰もが瞼(まぶた)の裏で、朽木(くちき)の如く倒れる銀次郎を想像した。

が、山野で多数の敵を、たった一人で相手にしてきた銀次郎だ。

体中(からだじゅう)の創痕はその証(あかし)である。戦うオオカミの証である。

体を刹那的に横に開いた彼は、紙一重(かみひとえ)の差で相手の刃に空(くう)を斬らせた。

しかし、相手は前へ泳がない。足許(あしもと)を乱すことなく踏み止(とど)まるや、瞬時に刀を引いた。

相手のその引き業(ひきわざ)に、銀次郎は電光石火(でんこうせっか)ぴたりと張り付きざま、右脚を刺客の股間深くへ踏み込ませた。

刺客に地獄が襲い掛かった。踏み込んだ右脚を軸として、銀次郎の上体が姿勢低く左へぐいっと回転。

左肩から撃ち放たれるように伸びた渾身の左手刀が、刺客の右腋へ指先から突入するかのように炸裂した。

「ぐあっ」

と、槍の穂先で戟打されたかのように相手が苦悶の形相で前屈みになったところへ、銀次郎の右二本貫手が相手の鼻腔へ深深と突き刺さる。まるで稲妻だ。目にもとまらぬ速さ。

刺客が下顎で天を仰ぎ見、両足を浮かせ、もんどり打って背中から地面に叩きつけられた。

ドンと地面が打ち鳴って、手放した其奴の刀が噴出した鼻血と共に宙に舞う。

その刀を銀次郎の右手が摑むや、二人目の刺客を幹竹割に斬り倒し、三人目を一撃のもとに下から掬い上げて斬戟した。

肩から離れた其奴の右腕が、刀を手にしたまま血玉を散らして吹っ飛んだ。

それら三つの激闘が瞬きをするかしない内に生じて終わったとき、遠侍の大屋根の上に一羽の烏が現われ、口から銀色の小さな球体二つを吐き飛ばした。大番所の書院番士たちの目には、確かにそのように見えた。

日を浴び眩しい尾を引いて真っ直ぐに飛翔したそれは、まさに銀次郎に躍り掛かろうとしていた刺客二人の横面に次次と命中。

パンパンと短く乾いた音を発して赤い火花を飛ばし、刺客二人は横面を抉られ激しく横転した。

漂う微かな火薬の匂い。

残った刺客は一人。背丈は銀次郎ほどであったが、がっしりとした両の肩から見て、相当に鍛え抜かれた肉体と窺えた。

銀次郎は其奴を見据えながら「手出しするな」と番士たちに大声で告げた。すると遠侍の大屋根に止まっていた烏が、ふっと掻き消えた。役目を終えた、と言わんばかりに。

銀次郎は相手に問うた。

「名乗りねえ、おい……どうせ逃げられねえんだ」

「…………」

抜刀している相手は答えなかった。それどころか、覆面の**目窓**の奥から覗く双つの目は笑っていた。五人の仲間が目の前で一瞬の内に倒されたというのにだ。

「礼儀を知らねえ奴だ」

銀次郎は鼻先をフンと鳴らすと、用心のため三、四歩を後退って遠侍玄関の方を振り向いた。

銀次郎から両刀を預かった若い書院番士が、銀次郎と視線が合う前に素早く走り出て両刀を差し出した。

それまで手にしていた敵の刀をポイと投げ捨てた銀次郎は、自分の大小刀を帯に通し「下がっておれ」と番士に告げて、元の位置まで戻った。

二人の間には、微動もしなくなった五人の血達磨が転がっている。対決には邪魔だ。

銀次郎は相手から視線を外さず、血達磨から離れる目的で左へと移動した。

相手も、切っ先をだらりと地面に向けたまま、銀次郎に見習って位置を移した。

広場のほぼ中央で、申し合わせてあったかのように二人の動きが止まった。

「おい、矢張り名乗らねえのか……」

銀次郎は再度問いながら、チリチリチリと鞘を微かに音立てて抜刀した。

相手も正眼に身横え、左足を引きつつ腰を下げる。

ぴたりと決まった相手のその構えを「美しい……」と感じながら、銀次郎は刃を上にして下段に構えた。刃を空に向けてだ。

騒ぎを知って漸くのこと、遠侍玄関の奥にまで侍たちであふれた。が、建物の内も外も、水を打ったかのように深と静まった。

まわりの武士たちを微動もせずに硬直させているのは、突如目の前で生じた血なまぐさい惨劇ではなかった。瞬きをするかしない内に激発して終わった銀次郎の凄まじい斬戟剣法である。

その最後の闘いが一対一で今まさに、始まろうとしていた。見守る書院番士たちは武官ではあっても、合戦なき平和な時代が続いたため、命を賭けた闘いを経験した者は殆どいない。

複数の敵を相手に銀次郎が見せた激襲に過ぎる斬戟剣法は、書院番士たちにとって驚異であると同時に手に汗する戦慄でもあった。

対決する二人は、睨み合ったまま動かなかった。

動かなかったが銀次郎は、（こいつあ強い……）と、相手に気付かれぬよう生唾を呑み込んだ。

双方、無言のまま刻が過ぎてゆく。

どれ程か経って、静寂を破ったのは、覆面刺客の方であった。地面をバシッと踏み鳴らしたのだ。威嚇のつもりであったのだろうが、銀次郎ほどの者に対してそれは無駄というものだった。

無駄というものは、必ずスキを生む。たとえ針の先程であってもスキを生む。その寸毫のスキを見逃さなかった銀次郎が、滑らかに然し勢いをつけて相手に迫った。

なんと相手も、銀次郎の方へ足を滑らせた。銀次郎を呑み込もうとするかのような堂堂たる姿勢。

再び両者の間が縮まり、双方の切っ先が触れ合って、キンという音が二度鳴った。探り合うような小さな音だ。

そして、両者の切っ先は離れた。下がった足捌きは共に僅か。

またしても相手は正眼、そして銀次郎は逆刃の下段であった。

相手に気付かれぬよう銀次郎は、生唾を呑み下した。喉仏が僅かな音を立てて上下するのを相手に見られぬよう下顎を深めに引いて。

彼はかなり緊張している自分に気付いていた。その理由として二つあった。先(ま)ず相手の**切っ先**が自分から見て**右へやや傾いて**いること、次に足構えが**深く内側向き**という異様なかたちであることだった。つまりいま前後に開いている足を前揃いに改めると**ハ型**になるのだった。それも不自然なほど内側に深めている**ハ型**だ。

（気にするな……）

と銀次郎は己れに向かって戒めつつ、それでも無意識のうちに**旗本青年塾**で講義を受けた、分厚い『**日本剣法史**』の表紙を脳裏に思い浮かべていた。

これこそ油断であった。銀次郎ほどの剣客が、その油断を己れの脳裏へ招き入れてしまっていた。

「うりゃあ……」

不意に裂帛(れっぱく)の気合が前方から、銀次郎の顔面へ炎(ひ)の如く襲い掛かってきた。

「あつぃっ」と銀次郎が感じたとき、刺客の切っ先は目の前すぐのところだった。猛速だ。

銀次郎は瞬間的動転に陥った。動転は肉体を硬直させ、本能的防禦に著しい悪影響を及ぼす。これ、剣法の常識だ。

その銀次郎を救ったのは、幾多の強者を単身で相手とし、斬りに斬られて敵を戟打してきた〝血まみれの経験〟だった。

銀次郎は、のけ反った。脊柱が軋み折れんばかりに、のけ反った。

日を浴びた凶刃が眩しい光を発して、僅差で銀次郎の右の頬の上で空を切る。

激烈な勢いで。

ヒョウッという鋭い音。

刃を思わせるその音が、銀次郎の右の頬に、痛く滲みた。刃は空を切っていなかった。

（やられた……）

と銀次郎は感じたから、のけ反った肉体をそのまま背中から地面に叩きつけ、後方回転を連続させて、すっくと立ち上がった。

これにより相手との距離は充分に開いた。

銀次郎は右の頬を流れ落ちる生温かいものを感じた。

手を触れてみた。

鮮血であった。しかも頬が細長く裂けていると、指先が教えてくれた。

銀次郎は雲一つ無い青い空を見上げ、大きな溜息を一つ吐いた。

裂けた頬からあふれ出た血が、右の肩から右手そして刀身へと、みるみる朱に染めていく。

が、それくらいの事で動揺するような銀次郎ではない。

彼はゆっくりとした動きで刺客との間を詰めると、今度は正眼に構えた。

相手も正眼だ。矢張り切っ先は右へやや傾いていた。が、足構えは違った。ハ型ではなく逆ハ型、つまり∨型であった。

このとき銀次郎の目が、チラリと凄みを覗かせた。

（思い出した。切っ先の不自然な傾きと、奇妙な足構え……**飛鳥浄御原流八色之剣**だ。間違いない）

銀次郎は遂に思い出したのであった。**旗本青年塾**で講義を受けた、『**日本剣法史**』の古代の章に記されていたその剣法の名を。

大事なことなのでほんの少し横道に逸れてみよう。

大和国六〇〇年代（いわゆる飛鳥時代）、宮廷の位置は**飛鳥岡本宮**→**飛鳥板蓋宮**

↓**後飛鳥岡本宮**↓**飛鳥浄御原宮**↓**藤原京**（わが国最初の本格的都城）などとめまぐるしく移った。このめまぐるしい飛鳥時代に生じた最も衝撃的な事件は、強大な権力機構を我が手にしていた蘇我一族の雄、**蘇我入鹿**が**飛鳥板蓋宮**の大極殿（天皇執務殿）において**中臣鎌足**ら宮廷幕僚の謀策によって暗殺されたことだろう。

　前述した**飛鳥浄御原流八色之剣**なる剣術が、古代飛鳥時代の**宮廷の護衛剣法**（徳川将軍家の柳生新陰流のような）であったのかどうかを想像することは極めて難しい。

　ただ、**八色の剣**の**八色**なる表現は天武天皇（在位六七三〜六八六）の時代に登場していた。政治的勢力とか功績に基づいて改めた姓、『八色の姓』がそれであった。真人、朝臣、宿禰、忌寸、道師、臣、連、稲置の八姓がそれで、真人から忌寸までが上級貴族のものだった。

　八色の剣は果たして、右の上位四階の上級貴族に、あるいはまた下位四階の貴族豪族に〝滲透〟していたのであろうか？

　その**八色の剣**の剣客と思われる偉丈夫が今、銀次郎の頬に浅からぬ傷を負わせ、堂堂たる姿で立っていた。一体どこで八色の剣を修得したと言うのか？

　銀次郎はゆっくりとした動きで相手との間合を取りながら着ていた羽織の袖で、

血で汚れた刃を清めた。

相手が一歩、二歩と銀次郎との間を詰めた。

銀次郎は刃を清めた刀を鞘に納め、羽織を脱ぎ、折り畳んで足許に置いた。

頬から垂れ落ちる鮮血が、その羽織の上に落ちボタボタと鳴った。

それ程の出血であった。

と、銀次郎を睨みつける刺客も、何を思ってか大刀を静かに鞘へ戻した。

このとき遠侍の玄関には、報せを受けた**奥医師筆頭曲直瀬正璆**が姿を見せ、むつかしい顔つきで顔面血まみれの銀次郎を睨みつけていた。見守っていたのではなく睨みつけていたのである。曲直瀬は幼君家継の体調を診るため、今朝の早くから城に詰めていた。

曲直瀬家は江戸時代医門の名家中の名家である。べつに**養安院**という屋号（院号）をも有していた。徳川家康・秀忠父子に仕えた名医に曲直瀬正琳という人物がいて、彼は慶長五年（一六〇〇）に体調不良を訴えた第百七代**後陽成天皇**（在位一五八六〜一六一一）を診て薬を投与。これが著効ありとして後陽成天皇から**養安院**の院号を賜わったのである。以降**養安院家**は、正円、玄理、**正璆**、正珪、正山、正雄(しょうゆう)、正隆(しょうりゅう)、正貞(しょうてい)、正健(まさたけ)と続いて江戸時代医門の名家として幕末近くまで重きをなすのだった。

その**曲直瀬正璆**(まなせまさてる)が遠侍の玄関に現われて自分を睨みつけているなど、さすがの銀次郎も気付く筈がなかった。

因(ちなみ)に、**奥医師**は若年寄支配下にあって、その下に奥詰医師→御番医師→寄合医師、そして御目見(おめみえ)医師の位順(くらいじゅん)で続くことを付け加えておきたい。

銀次郎は不届者(ふとどきもの)と正対すると、左足を静かに引きつつ腰を落とし、右の手を大刀の柄へと運び、その直前で止めた。

その一瞬、不届者の双つの目が覆面の目窓の奥で、「ん?……」となるのを銀次郎は見逃さなかった。なぜ大刀の柄を握らぬのか、と不審に思ったのであろう。だが銀次郎の頬に傷を負わせたほどの手練だ。「ん?……」と不審を感じたとしても、おそらく針の先ほどのものであったに違いない。

「おい……」

銀次郎が不意に穏やかな野太い声を、口から吐き出した。そう、〝吐き出した〟と感じられる、いきなりな「おい……」であった。

その拍子に頬からあふれ出ていた血に、ドロリとした勢いが加わって、曲直瀬正璆の表情が歪んだ。

相手の返事は無かった。

無かったかわりに、ザッと地面を鳴らして、銀次郎に三歩詰寄った。

無駄か、と呟いた銀次郎の目がギラッと血走る。腹を空かせたオオカミの目のように。

見守る番士たちには、それが判った。彼らは息を殺し、感情を凍らせた。唇を震わせている年若い番士たちが目立った。

銀次郎はまだ刀の柄に、手をかけていない。

ここで相手は腰を下げて刀の柄に手を触れ、居合抜刀の構えをとった。

ジリジリとお互いに間を詰める。まさに一触即発。

番士たちは固唾を呑み、我を忘れた。

奥医師筆頭曲直瀬正璆に白衣の医生らしい若い男が立ち並んだ。

若いとは言っても、三十半ばくらいか。色浅黒い医生らしからぬ陰の有る面相だ。

その医生らしい男に曲直瀬正璆が何事かを告げ、わかりました、と唇をはっきりと動かして頷いた医生らしい男は、身を翻すようにして下がっていった。

銀次郎の口から「いやあっ」という気合が迸(ほとばし)ったのは、この時である。

彼の手が脇差の柄に手をかけ抜き放ちざまに、なんと不届者を目掛けて投げつけた。

軟弱な侍が投げたのではない。

銀次郎が投げたのだ。しかも銀次郎の脇差は並の物よりやや長めだ。

切っ先が相手の左胸を狙って、唸りを発し矢のように飛んだ。とは言っても標的は目の前。

放った我が脇差を追うようにして、頭を下げた銀次郎の足が同時に地を蹴った。

相手が左胸に迫った銀次郎の脇差をあざやかに叩き落とす。銀次郎は、そこを狙っていた。

防禦で構えを乱した相手に対し、銀次郎が躍り込みざま、抜き放った大刀で面、面、面と打ち込んだ。

凄まじい乱打。まるで雷電(いなびかり)であった。

が、乱打ではあっても、一点集中を外していなかった。相手の前頭部へ一寸と逸らさず打ち込む、打ち込む、また打ち込む。

銀次郎の頬の傷が口を開け、無数の小さな赤い血花が周囲に舞いあがった。

ガツン、ギン、ガキンと攻防し激突する鋼の音。見守る武官たちは、目を剝き震えあがった。

相手は懸命に受けた。受けに受けて小さく下がり、よろめいて今度は大きく跳びのき、思わず右足を滑らせた。

が、よろめきながらも左手で抜き放った小刀を、銀次郎の脚を狙って放った。

当たった。小刀は銀次郎の膝上に突き刺さった。しかし浅い。

「うぬぬ……」

敵の小刀を膝上から左手で抜きざま、銀次郎は形相凄まじく投げ返した。

わざと的を外した。幾多の戦いからくる経験が、わざと外させた。

その小刀が目の前およそ二間の位置にまで退がった相手の右耳——銀次郎から見て——を狙い外して飛ぶ。

相手がその小刀を叩き落とそうと、反射的に——防禦本能的に——上体を捻って大刀を振り上げた。防禦本能的な反応であったから速い。まさに刹那的であった。

けれども銀次郎の眼力は、それを見逃さなかった。

相手の左腋――銀次郎から見て――が大きく開いた。

飛燕の速さで、ぐいっと相手に迫った銀次郎の右片腕が西洋剣術のように伸び、切っ先三寸が相手の腋に吸い込まれた。音も無く。

「ぐわっ」

敵が眦を吊り上げて叫ぶのと、銀次郎の右片手・手首の筋肉が膨れあがって大刀を抉るように斬り回すのとが殆ど同時だった。〝渾身の力〟が炸裂。

骨肉を断つ鈍い軋み音。滑りの悪い板戸のような。

其奴は喉を反らせて天を仰ぎ、甲高い悲鳴をあげた。絶叫だった。

大刀を持つ其奴の右腕が、薄皮一枚を残してブラリと垂れ下がる。

それでも、逃げようと銀次郎に背を向けかけた。が……遅い。

このとき既に其奴の腋から離れた銀次郎の剣は、反転するや激しく斬り下ろしていた。

其奴の膝蓋骨（膝の皿）が真っ二つに断ち割られ、片方が見守る番士たちの方へ血泡と共に吹き飛び、人垣の一部が大きく崩れた。

猛烈な殺意を抱いた者同士の死物狂の闘いというものを、初めて見た平和な時代の番士たちであった。敗者の余りのむごたらしさも、番士たちにとっては矢張り初めて目にするものであり想像を絶するものだった。

「奴らの身に付けているものを徹底的に調べろ。刀の鍔、刀身や柄の拵えの特徴、黥の有無、着ているもの全てだ。ついでに絵師に人相書を頼め」

銀次郎は誰にともなく怒鳴りつけるかのように告げると、刀を鞘に納め、その場に胡坐を組んだ。夥しい出血のためであろうか、目の前が霞み出したのだ。

遠侍の玄関にいた奥医師筆頭曲直瀬正璆が白足袋のまま血相かえて広場へ飛び出し、銀次郎に駆け寄る。

その曲直瀬の後を追って、白衣の医生らしい若い男が、黒塗りの箱を大事そうに抱えて走り出した。

二十六

銀次郎は番士たちが調えた戸板の上で、奥医師筆頭曲直瀬正璆ほか、続続と集まってきた奥詰医師、御番医師たちによって応急の血止処理を受けると、**能御殿**楽屋之二へと運ばれた。いかに黒書院直属の桜伊銀次郎であろうとも、刀傷血で本丸表・中奥（単に奥とも）などを汚す訳にはいかないからだ。

能御殿とは、遠侍から南西方向――さほど離れてはいない――に位置する能舞台、鏡之間（出待控え）、楽屋之一、楽屋之二、など能殿舎全体の総称で、本丸とは広い庭を隔てて向き合っていた。

楽屋之二で医師団の手により、手術を受けた銀次郎は、殆ど意識が無かった。幕府医師団の協働研究によって創薬された鎮痛・鎮静薬の投与によってである。原生薬は Scopolia Japonica や Aconitum Japonicum subsp. japonicum ほか何種類かを用いていたが、素人が用いることを禁ずる猛毒作用を有しているため、和名を明らかに記すことは控えたい。時代が下がって高名となる江戸時代後期の外科医**華岡青洲**(はなおかせいしゅう)が開発した麻酔薬の原生薬 Datura metel も強烈な毒性作用を有しており素人が用いることは非常に危険である。毒と薬の差はまさに**紙一重**なのだ。この紙一重に素人は指先さえも触れることが許されないのである。用い方を一歩誤れば**死**が待ち構えている。

銀次郎は心地よい気分の中にいた。痛みは皆無だった。雲の上を歩いているかのようなフワフワとした心地よさだった。自分がよく見えているような気分もあった。そういった夢心地のような錯覚のような感じがどれ程か続いたあと、やがて真っ闇の世界が訪れ、彼は深い眠りの中に落ち込んでいった。

その彼を覚醒させたのは、さわがしい人の話し声と足音だった。

彼は薄目を開け、そのままの状態を暫く続けた。半開きよりも尚狭く開けた瞼(まぶた)の向こうに確かめることが出来るのは、天井だけだった。見覚えの無い天井だ。

「それでどうなのだ。他にも見つかったのか……」

「いや、どうやら黒鍬に討ち取られた三人だけらしいぞ」

「それにしても中奥の**地震の間**近くまで忍び込んで来るとは大胆な……」

その会話が次第に近付いて来て、足音と共に遠ざかってゆくのを銀次郎は聞き逃さなかった。

（なんと……**地震の間**だと？）

驚いて体を起こそうとすると、誰かに両の肩をやさしく押さえられた。

「動いても話してもなりませぬ。縫合(ほうごう)した傷口が開きますゆえ」

黒兵の声であった。そして彼女の顔がひっそりと微笑んで、銀次郎の顔の上にあらわれた。

「どうしても話したい場合は、その話の内容を脳裏に思い浮かべつつ、頬に負担を掛けずに唇だけを小さく微かに動かしなされませ。それだけで私(わたくし)には読み取れます」

と、労(いたわ)るような彼女の口調だった。

（判った……こんな感じでよいのか）

「はい。その要領でございます。但(ただ)し、無駄話はお避け下さいませ。頬傷のためにも」

（承知した。して、此処は何処なのだ。見たことのない部屋だが）

「城中の医師溜(だまり)（詰所）でございます」

(おお、確か小十人組の詰所に近い……)

「はい」

(お前、月光院様のお傍を離れてもよいのか)

「ご支配様(首席目付、和泉長門守)の指示を戴いて動いてございます。ご安堵なされませ」

(それにしても、たかが六名の内の四名を相手に、無様な不覚を取ってしまった)

「これ迄にない強敵でございました。よくぞ打ち倒しなされました。さすがでございます」

(六名の内の二名を、破裂玉で見事に倒したのは、お前だな黒兵)

「仰せの通りでございます。首席目付室で執務中の御支配様より私のもとへ異常事態の報せが参り、月光院様のお傍を一時離れて侵入者に緊急対処せよとの御指示でございました」

(そうか……伯父上も私のことを気にかけて下さっているのだなあ……)

「さ、もうお休みなされませ。医師が、もう大丈夫、と申すまで私はこの場を離れませぬゆえ」

（心強い……お前が枕元に控えてくれていると思うとな）

「ふふっ……黒書院様ほどの剛の者が、まるで幼子のようなことを申されて……」

（黒兵よ……）

「お話はここまでと致しましょう、あとは明日になってからでも……さ、お眠りなさいませ」

黒兵はそう言うと、銀次郎に掛けられている布団の胸のあたりの小乱れを改めた。

（あと、一つだけ教えてくれぬか黒兵）

「**地震の間**近くまで侵入した不届者三名のこと……お耳に入りましたのですね」

（それだ……）

「警戒中でありました私の手の者（配下）が倒しました。手の者の内ひとりが犠牲となりましたけれど」

（そうか……犠牲者を出してしまったか）

銀次郎は目を閉じた。**滝**や**浦**など、これまで自分の身辺に付き従ってくれた黒鍬者たちの顔が次次と思い出された。

「命を賭して御役目を全うすることが、私共の運命。あまりお気になさりませぬよう」

（誰の命であろうとも尊いものよ。だから俺は近頃、如何に御役目とは申せ、闘うことがいささか嫌になってきた……）

「体中傷だらけでいらっしゃいまするゆえ、そのお気持、判らぬでもありませぬけれど……」

（して、この江戸城へ侵入した者共の身分素姓は判ったのか？）

「身に付けているもの、および体の手足指の特徴についてまで黒鍬の手で調べましたなれど、身分素姓につながるものは何一つ認められませんでした」

聞いて銀次郎は、閉じていた目を見開いた。

（手足指の特徴と言うたな……）

「**忍び者**ならば、手足指に流派、流儀の特徴があらわれまするゆえ……」

（なるほど……若しや黒兵。お前が何時だったか申しておった、**ごはれつしゅう**、

とかではないのか）

「**御破裂衆**とは、このように書きまするが……」

黒兵は銀次郎の顔の上にゆっくりと、**御破裂衆**、と書いて見せてから、首を小さく横に振った。

「彼らであると推量することは、今のところ無理でございまする。**御破裂衆**については明日にでもゆっくりとお話を致しましょう」

（うん、頼む。なんだか少し疲れた……眠らせてくれ。枕元に控えていてくれよ）

「はい。片時も離れませぬ」

（すまぬ……なれど黒兵）

「はい」

（お前、会うたびに妖しく美しくなっていくのう）

「さ、つまらぬお戯れなど口になさらず、ぐっすりとお眠りなされませ。私は此処にこうして控えておりまするゆえ」

（うん……）

銀次郎は、ゆっくりと眠りの中へ引き込まれてゆく自分を感じた。片時も離れませぬ、黒兵のその言葉に、大きな安心を覚えていた。まるで母親のような大きな慈愛さえも。

（この凄腕の女の前では……俺はまるで幼子だ）

呟いたあと、彼はやわらかな闇の中へと気持よく落ち込んでいった。

頭の片隅に、**地震の間**、という文字をチラリと残しながら……。

不届者がその付近に現われたという**地震の間**、というのは一体何なのか？

これに触れる前に、江戸城そのものの歴史に、短く簡単に触れておこう。

『江戸城』という表現に拘って述べると……。

①室町時代長禄元年（一四五七）、関東管領**上杉家**の要人、**太田資長**（太田道灌とも）が**江戸城**を構築。関東管領とは、**室町幕府**の東国支配長官として鎌倉に配置された**鎌倉公方**の筆頭補佐役で、代官的役割と武蔵国の守護職をも兼務した。↓②大永四年（一五二四）、小田原の北条氏綱が江戸城を奪取。これを**豊臣秀吉**が武力で奪う。↓③豊臣秀吉、江戸城を**徳川家康**に与える。↓④徳川家康、文禄元年（一五九二）頃より、江戸城の大規模な長期修築を開始。やがて大天守・小天守が連結

する外観五層の天守閣を土を厚く美装的に塗った**白漆喰総塗籠**（しろしっくいそうぬりごめ）で壮大に仕上げた。高さ約四十二メートル。これを将軍家康城（第一期江戸城）と称すべきであろうか。↓⑤第二代将軍**徳川秀忠**、父家康の許諾を得て江戸城の改築を開始。家康自慢の大・小天守連結式の白漆喰総塗籠（しろしっくいそうぬりごめ）の天守閣を**なんと解体**。外観五層で**白漆喰塗**の**単立天守閣**に改めた。高さは変わらず約四十二メートル。これは第二期江戸城として頷ける。ただ、何という無駄遣いであることか。↓⑥子は父の背中を見て育つ、とはよく言ったもの。第三代将軍徳川家光の江戸城修築も、父秀忠が築いた白漆喰塗の天守閣（単立）を**解体**することを大仕事とした。筑前福岡藩主黒田忠之を天守台石垣構築の主幹に就け、**穴太積み**（あのうづみ）とか**穴太築**（あのうつき）といった石垣工法で知られた近江（おうみ）国滋賀穴太（あのう）の石工（いしく）集団**穴太衆**を用い、寛永十四年（一六三七）八月に天守台石垣の工事を完了させた。そして寛永十五年（一六三八）十月二十六日、**黒漆喰・銅板張り**の五層の天守閣が第三期江戸城として竣工。高さは変わらず約四十二メートル。↓⑦第四代将軍**徳川家綱**は、将軍に就任しても第四期江戸城を目指した修築などには殆ど関心がなかった。その理由は十一歳という幼さで征夷大将軍の地位に就いたからだ。それに彼には、賢明で忠実な老臣が幾人も付いていて、集団指導体制が非常にうまく機能していた。賢明で忠実な老臣たちの間には、第四期江戸城などは無駄、の考えがおそらくあった筈だ。この集団指導体制が『**家綱幕府**』を強固なものへと育(はぐく)んでいったのである。家綱は温厚で賢明でやさしく慈悲深い人柄であったとされる。その性格から自主性に欠け老臣たちの言うがままに頷くことから、『**左様せい様**』と噂されたとか。が、これは歪んだ俗説と捉えたい。必要な場合、家綱は確(しっか)りと前面に出て明確な指示を発している。また茶道や絵、能などに造詣(ぞうけい)が深く、更に歴代将軍の中では柳生家を相手とする柳生新陰流剣法の鍛練に最も熱心であった。その鍛練、群を抜いていた、とも伝えられている。ただ、明暦三年（一六五七）に大きな不幸が家綱を襲った。江戸市中を殆ど総嘗(な)めとした『明暦(めいれき)の大火』である。江戸城も事実上崩壊し、やむなく再建計画が机上にのった。

さて、前述した**地震の間**であるが、右の江戸城『第一期〜第四期』のいずれにも存在したのかどうか、存在したなら、その位置は何処か、など推量することは難しい。

しかし著者の手元にある新しいとは言えない江戸城絵図では、黒書院と御座之間（将軍が老中・若年寄に指示を与える政務の間）に挟まれた庭に単立の大きくはない**地震の間**（恐らく頑丈な）が確かに窺えることから、物語はこれに沿って進めたい。

なお江戸とその近郊で大地震が頻発していた例を判り易く西暦で示して、ほんの一部だけ次に挙げておこう。

八一八年七月……関東地区で強震、**M七・九**、山崖崩落、死者多数。

八六九年五月……三陸地区で**激震**、**M八・六**、城郭や家屋多数倒壊、津波襲来、死者一〇〇〇名余（不詳）。

一二九三年四月……鎌倉藤沢地区で強震、**M七・一**、大寺院倒壊、死者数千名（不詳）。

一四九八年八月……東海地区で**激震**、**M八・六**、大津波襲来、死者二〇〇〇〇余名（不詳）。

一六一一年……三陸地区で**激震**、**M八・一**、大津波襲来、死者五〇〇〇余名（不詳）。

一六四七年……武蔵・相模地区で地震、**M六・四**、**江戸城**石垣崩落、武家・町民家屋の被害多数（不詳）、死者多数（不詳）。

一六四九年……江戸、川崎で強震、**M七・一**、**江戸城**石垣、塀など崩壊、死者多数（不詳）。

一六七七年……房総で強震、**M七・四**、津波襲来、死者四七〇余名。

一七〇三年……房総で**激震**、**M八・二**、**江戸**を含む広範囲で家屋多数倒壊、房総南端**約五メートル隆起**、死者二三〇〇余名。

一七〇七年……神奈川～土佐の広域列島線が**激震**（日本最大級）、**M八・四**、伊豆～土佐～九州に大津波襲来、家屋倒壊六万余戸、死者二〇〇〇〇名以上。

銀次郎の時代直前までの強震・激震の実態を大雑把に右に挙げてみた。

これらの深刻な被害から考えて、将軍退避の**地震の間**は江戸城内に確実に存在したと断言できる。

二十七

銀次郎がうっすらと目を覚ますと、部屋は大行灯(あんどん)の明りと判る薄暗さだった。

「ん?……」と彼の感情がチクリとした痛みを伴って動いた。一瞬、心の臓の辺(あた)りから頭へと感情が走ったように銀次郎には思えた。

片時も離れませぬ、と言った黒兵の気配が消えている、と判ったからだ。

彼は、はっきりと目を見開いて視界を広げ、上体を起こそうとした。

このとき雪肌のような白い手が彼の左肩の上あたりから目の前にひらりと優しく現われて、布団の胸許の辺りを軽く押さえた。

銀次郎は上体を起こそうとする意思を捨てて、布団の中に鎮(しず)まったままとなった。

同時に、忘れたままとなっていたかのような嗅覚が働きを取り戻した。

なんとも名状し難いふわりとしたいい香りを捉えた銀次郎は、(ああ、これは薫衣香(くぬえこう)だ……)と判って視線をそっと左肩の上の方へ振った。薫衣香は亡き母がよく用いていたのだ。

　細かく刻んだ香木や香草を入れた袋（匂い袋）を、唐櫃（衣装箱）にひそませておく（これを香唐櫃という）と、衣装にいい匂いがやさしく染み込む。これを薫衣香と称して『源氏物語』にも登場している。

　それはともかく、銀次郎がそっと視線を振った左肩斜め上の直ぐのところに、予想だにしていなかった人がいたので彼の表情がさすがに「あっ……」となった。

　なんと、幼君徳川家継の母で、老中格御側御用人**間部越前守詮房**と徒ならぬ関係あり、と噂されている絶世の美女**月光院**がひそやかな笑みを見せて座っているではないか。いい香りを漂わせて。

「お静かに。何も話さなくとも宜しい。傷にさわるゆえ大人しくのう……」

　労りを含ませた、澄んだ綺麗な声の月光院であった。

　銀次郎は小さく頷いた。驚きが容易に去らなかった。

「それでよい。小さく首を横に振るか頷くだけでよい」

　わかりました、と銀次郎はまた小さく頷いた。

「それにしても、この江戸城へ大胆にも乗り込んできた不埒者を、よくぞ討ち取ってくれたのう。真に天晴じゃ。見事なる武士道ぞ」

銀次郎は応え様が無く、静かにしていた。

「傷はどうじゃ。痛むのか」

銀次郎は首をそっと横に振った。

「上様がのう。其方に褒美を取らせるそうじゃ。どうしても今日の内に申し渡したいと言うてのう」

「銀次郎、余は（私は）ここにいるぞ。何も喋らずともよい。聞くだけに致せ」

月光院の言葉が終るか終らぬうちに、反対側で幼い声があって、右肩の上あたりから現われた幼君の笑顔が、銀次郎の顔の真上に重なった。

銀次郎は目を細め、微かに口許に笑みを見せて、精一杯の喜びを表現した。

幼い将軍の感情のためを思ってあらわした、精一杯の演出だった。自身のことなどは考えてもいなかった。

銀次郎の喜びの表情を受けて、幼い将軍は思わず破顔した。

「銀次郎、不埒者を、よう討ち取ってくれたな。さすが銀次郎じゃ。どうじゃ、傷は痛むか」

銀次郎は口許の微かな笑みを消すことなく、首を小さく横に振った。

「銀次郎は強いのう。余の自慢の銀次郎じゃ。母上も、銀次郎こそ侍の中の侍じゃと褒めちぎっておったぞ。老中若年寄たちの前でな。聞いて間部の爺（老中格御側御用人、間部越前守詮房）が不機嫌そうに眉をひそめておった。ありゃ嫉妬じゃな、ははは……」

「これ、不用意なことを……」

即座に月光院の言葉が、開けっ広げな幼君に向かって静かに飛んだ。べつに慌ててはいない。

銀次郎の顔の真上で、家継が真顔となった。目が光っていた。

「銀次郎、余からのささやかな気持じゃ。加増三千石を**給し**、黒書院直属監察官大目付・従五位下加賀守の位官（位階と官職）を**解き**、新たに**ほんまるさんぼう**を申し渡す……よいな銀次郎。辞することは認めぬ。位官の正式発令は傷が癒えてから、**黒書院**にうるさい爺ども（老中・若年寄たち）を集めた面前で行なう」

幼君家継は確りとした口調で述べると、銀次郎の顔の上に重ねた幼い顔をサッと引くや、横たわる彼の頬に幼い小さな膝頭――実際は着物で見えていない――

が触れる様に、布団の上に体をのせて座り直した。

「まあ、お行儀の悪い……」

月光院のやさし気な呟きが、銀次郎の耳に入ったが、彼の表情は硬かった。幼君から告げられた**ほんまるさんぼう**の意味が判らなかったのだ。**ほんまる**は**本丸**であろうと見当がついた。しかし、**さんぼう**という表現を耳にするのは生まれて初めての事であった。字綴りの見当も全くつかない。

と、幼君は胸懐からやや厚めな白表紙の冊子を取り出すと、布団の上、銀次郎の胸許あたりに静かに置いた。

「**ほんまるさんぼう**とは何か。これを読めばよく判ると**白爺**（従五位下筑後守・新井白石のこと）が申しておったので預かってきた。白爺も追っ付け見舞に来るそうじゃ。それからな、銀次郎……」

幼君はそこで言葉を切ると、銀次郎の耳許へ口を近付け、真剣な表情で囁いた。

「傷が癒えたらな銀次郎、誰にも内密に余を市中散歩に連れてってくれい。市中にはな、箱鮨とか天麩羅うどんとか汁粉とか旨いものが沢山あるそうじゃ。二人でな、そっと行こう……な」

「聞こえておりますよ上様」

と言う月光院の視線は、銀次郎の創痕（そうこん）が目立ちに目立つ面（かお）に先程から釘付けとなっていた。

（これが真（まこと）の侍の姿か……）

そう思う月光院は、自分でも美しいと感じる熟（う）れた肉体（からだ）の随所が、熱く疼（うず）き出すのを抑え切れなかった。

将軍家継が、銀次郎に対して新たに発令しようとする**ほんまるさんぼう**。

それは銀次郎に再び伸（の）し掛（か）かる、激動の人生の始まりであった。

その銀次郎に、炎（ひ）の如く燃え狂う美貌の月光院の情念が次第に迫ってゆく……。

（次巻に続く）